愛され王子の異世界ほのぼの生活

Aisareoji no isekai honobono seikatsu

顔良し 才能あり 王族生まれ ガチャで全部そろって異世界へ

霜月雹花

Hyouka Shimotsuki

アキト
本作の主人公。
転生ガチャで大当たりを
引き当て、チート王子様として
生を受けた。憧れの
スローライフを送る
ために奮闘する。
ライム
モンスターのスライム。
好きな場所は
アキトの頭の上。
アリス
有力貴族の娘。
極度の人見知りで
あるため、
友達がいない。

主な登場人物 Charactars

クロネ
謎の暗殺者。
猫人族の獣人で、
得意な得物は
短剣。
リオン
孫のアキトが大好きな
お祖父さん。
王国に名を轟かす
最強の魔道士
でもある。

第1話　異世界へ転生

気が付くと、そこは真っ白い世界だった。

……いや、何を言っているんだ、俺は。

というか、ここは何処《どこ》なんだ？

「こんな所、見覚えないぞ……」

誰もいないらしく、俺の呟きに返答はない。

その時ふと背後に人の気配を感じた。慌てて振り向くと、テレビでも見た事ないような〝美少女〟が立っていた。

「ようこそ、奈良《なら》アキトさん。あと、美少女と言ってくださり、ありがとうございます」

「うわっ！」

な、なんで俺の名前を⁉　それに頭で考えた事が読み取られてる⁉

俺は動揺して足を滑らせ、尻もちをついた。

……あれ、痛みを感じない。

俺は違和感を覚えて、困惑していた。

美少女が俺を心配して言う。

「すみません。驚かすつもりはなかったのですが……立てますか？」

「あっ、はい。驚いて倒れただけですので……」

そう言って立ち上がり、俺は頭の中で今の状況を整理してみた。

真っ白い空間で、痛みを感じない。

……いったい、ここは何処なんだ？

俺は顔を上げる。

美少女は困ったような顔をして、俺の方をじっと見ていた。

「あの～、アキトさん？　大丈夫でしょうか？」

「えっ？　あっ、はい。大丈夫です。ところで、なんで俺の名前を知ってるんですか？」

俺の疑問に、美少女は笑みを浮かべて答える。

「名前以外も知ってますよ。或琉府《あるふ》学園に通う高校二年生。両親は仕事で海外に出張中。長く一人暮らしをしており、料理はそこそこ上手い。部活には入っておらず、帰宅部。友達は少ないが、いじめや仲間外れの標的にされた事はない。むしろ一人でいる事が好き。ゲームを好んでおり、特にファンタジー物をよくやっている。アニメや漫画も好きで、異世界転生系の作品を見ては、『俺も異世界に行ってみたいな～』とよく言っている、そんな、ごくごく普通の高校生ですよね？」

「なっ！」

全て当たっていた。

いや、一つだけ訂正するなら、一人でいるのが好きなのではなく、一人でいる時間が長く、それに慣れただけだ。

目の前の美少女が俺の全てを知っている――その恐怖に、俺は彼女から距離を取った。

すると、美少女は首を傾げつつ言う。

「あの～、この場所の説明を省《はぶ》いていましたが、ちゃんと解説しますね。ここは神の世界〝神界《しんかい》〟です。そして、私は生命を司《つかさど》る神、フィーリアと申します」

「ッ！」

神様に名乗られた瞬間、急に胸が苦しくなった。

突然、死の直前の記憶が蘇《よみがえ》ったのだ。

俺は、トラックに轢《ひ》かれそうになった子供を庇《かば》って数メートル吹き飛ばされた。それで、周りが写真を撮ったり騒いだりしている中、意識は薄れていき――

「はぁ、はぁ、はぁ……」

フィーリアと名乗った神様が、俺を心配して声をかけてくる。

「だ、大丈夫ですか!?　死んだ際の記憶は消しているはずでしたのに……嫌な事を思い出させてしまったようですね。すみません」

「い、いえ……大丈夫です。あの、俺が助けた子供は無事ですか？」

「はい。アキトさんが助けてくださったおかげで、擦《かす》り傷程度で済みました」

「そうですか、それは良かったです……」

子供が死んでいたら、俺が命を張った意味がないからな。

しかし、十七歳で死んでしまうとは……両親に申し訳ない事をしてしまった。

いつも仕事ばかりでほとんど家にいない親だったが、たまに帰ってきた時は、俺との時間を大切にしてくれる、そんな人達だった。

親孝行らしい事を何一つしてあげられなくて悔《く》いが残るが……まっ、死んでしまったものは仕方ないか。

心の中で「ごめんなさい」と謝罪をした俺は、これから自分がどうなるのか聞く事にした。

「……死んだはずなのに、こうして意識があるという事は、アレですか？」

俺が思い浮かべていたのは、異世界物でよくある〝転生〟だ。

フィーリア様が笑みを浮かべて言う。

「アキトさんが考えている通り、これから転生の準備をしてもらいます」

「それって、魔法がある世界にって事ですか⁉」

「転生先は色々とあるんですよ。剣と魔法のファンタジー世界、科学が進んだ世界、古代のまま文明が発展していない世界、アキトさんが住んでいた世界、他にも色んな世界があります。アキトさんはどんな世界に行きたいですか？　なお、前世の記憶は保持したままです。行ってみたい世界をお選びください」

「勿論《もちろん》、剣と魔法のファンタジー世界です！」

俺は即答した。

すると、フィーリア様は透明なボードを出現させ、「ファンタジー世界への転生ですね。分かりました」と言ってそれに触れた。

俺の目の前に、巨大なガチャの機械が出現する。

「こちらは〝転生ガチャ〟という物でして、死者の方には必ずやってもらっているんです」

「死者の方全員？　あれ？　って事は、誰かを助けた人だけじゃないの？　例えば、罪を犯した人もこのガチャをやってるんですか？」

俺の疑問に、フィーリア様は気まずそうに答える。

「はい。以前まで選別していたのですが、人口が増えるにつれて死者も増えてしまい……転生させるための条件を調べる時間がないと神界で問題になったんです。それで、少し前から死んだ方全員に転生ガチャをやってもらう事になりまして……」

「な、成程《なるほど》……」

俺は驚きつつも、フィーリア様からの説明を受ける。

「では、解説に戻りますね。これは〝転生ガチャ〟という機械になります。ガチャを回せる回数は一度きりで十回連続、いわゆる十連ガチャというやつです。これによって、出生、能力、容姿などが決まります」

「……出生が決まるという事は、生まれた家が平民だったら平民で、貴族だったら貴族――みたいな感じですか？」

「はい、そうですね。続いて、容姿に関してです。例えば〝美形〟を引いた方は、その世界の整った顔つきとして生まれます。以前、〝美形〟を引いた方は、異性に不自由しない生活を送っておられました」

「ッ！」

俺は、何がなんでも〝美形〟を引き当てようと誓った。

というのも、地球にいた頃、俺は普通より劣る部類の容姿だった。それで容姿の努力は諦めて、性格の方で頑張って良く見せていたのだが――結局、良い思いをしているのは、顔だけ良くてヤる事だけしか考えてないような男達ばかりだった。

フィーリア様が俺に笑みを向ける。

「説明はこのくらいですね。それでは、ガチャを引いてみましょう」

「はい」

「こちらがガチャコインとなります」

フィーリア様はそう言って、手のひらサイズの大きなコインをくれた。

俺は、早速コインを投入口に入れてガチャを回す。


——ガラガラガラガラ。


機械が揺れて中身が混ざりきると、一気に十個の玉が出てきた。

玉の色は、金六つ、銀三つ、銅一つだった。

横で見ていたフィーリア様が「えぇ!?」と声を上げる。

「こ、こんなにたくさんの当たりを引くなんて……これまで見た事がありませんよ！」

「当たり？　ってなんですか？」

「金の色の玉の事ですよ！　普通、金の玉は十連を引いて一個か二個なんですよ。それが十個中六個って……どれだけ運があるんですか!?」

「フィーリア様、さっきまでのキャラが……」

先程までクールだったのが嘘のように、フィーリア様は慌てていた。

何とか落ち着かせ、説明を続けてもらう。

「と、とりあえず結果を見ましょうか。確認の仕方は、玉に触れますとボードが出現しますので」

フィーリア様に言われた通り、俺は早速ガチャの結果を確認してみた。

出生：王家（金）
説明：出生場所が王家になる。

美形（銀）
説明：整った顔で生まれる。

超成長（銀）
説明：スキルのレベルが上がりやすくなる。固有能力【超成長】付与。

全属性適性（金）
説明：全ての属性に適性があり、全属性の魔法を扱う事ができる。スキル【全属性魔法：1】付与。

魔導の才（金）
説明：魔法に関しての才能がある。魔法の威力、魔法スキルの取得しやすさ、魔法スキル経験値の上昇。固有能力【魔導の才】付与。

武道の才（金）
説明：武術に関しての才能がある。武術の威力、武術スキルの取得しやすさ、武術スキル経験値の上昇。固有能力【武道の才】付与。

技能取得率上昇（金）
説明：スキルを得る際に必要な時間が短縮される。固有能力【技能取得率上昇】付与。

鑑定（銅）
説明：対象の情報を知る事ができる。スキルレベルが上がれば見える情報が増える。スキル【鑑定：1】付与。

全言語（銀）
説明：全ての人の言語を理解できる。ただし魔物・獣の言葉は分からない。固有能力【全言語】付与。

図書館EX（金）

説明：世界の知識をいつでも閲覧する事ができる図書館。この能力を持つ者だけが、そこへ行く事ができる。固有能力【図書館ＥＸ】付与。

一つ一つの能力が異常に優れているようだった。銅色の玉もあったが、異世界物のラノベでは定番のスキル【鑑定】であり、ハズレではない。

「な、なんですか、この結果は……」

「俺も他を知りませんが、凄いってのは分かります……」

俺とフィーリア様は、二人揃って唖然《あぜん》としていた。

改めて結果を確認してみると、〝美形〟の結果がある事に気付いた。俺は心の中でガッツポーズを取る。

フィーリア様がため息交じりに言う。

「……まあ、良いですよ。結果は結果です」

「あの～、本当にこんな能力をもらって異世界に行けるんですか？　流石《さすが》にこれはやりすぎだと思うんですけど」

「えぇ、私も同意見です。しかし、ガチャの結果を変える事はできないんです。それではこの結果をアキトさんに反映させますね」

フィーリア様はそう言ってガチャの玉を念力で動かし、俺の前に持ってくる。

玉は一瞬にして俺の中へと消えていった。

「い、今ので反映されたんですか？」

「はい。後は転生するだけです」

そう言うと、フィーリア様は光り輝く扉を出現させた。

これが、異世界への扉らしい。

ここに入れば、異世界に行けるんだな。

「……アキトさん。今回のガチャの結果は、私でさえこれまでに見た事がないほど凄い結果でした。なので、アキトさんはもしかすると他の神に目をつけられるかもしれません。人と同じように、神にも良い神、悪い神がいるのです」

「わ、悪い神ですか……」

「はい。人のために動かず、自身の快楽のために人を操る神です。念のため、私の加護をアキトさんに授けておきましょう」

フィーリア様は光の玉を生み出すと、俺の方にフワフワと飛ばした。

その玉が俺に当たる。それと同時に消えてしまい、温かい感覚が全身に伝わる。

「今ので私の加護をアキトさんに与えました。向こうの世界で何か困った事がありましたら、聞きに来てください」

「はい！　転生から加護まで色々ありがとうございました」

俺はフィーリア様にお礼を言うと、そのまま光り輝く扉の中へと入っていった。

◇　◇　◇

次に目を開けると——見覚えのない天井を見ていた。

全身に伝わってくるのは、フカフカの感触。どうやら俺は、ベッドの上に寝かされているらしい。

本当に異世界に転生してきたのだろうか？

そういえば、神様はステータスを見られると言っていた。

転生について説明された時、こちらの世界では自分の能力をいつでも確認できる〝ステータスボード〟があると教えられたのだ。

それに加えて、鑑定系スキルでステータスを見られてしまうので、阻害系スキルは早めに取っておくようにとアドバイスをもらっていた。

ちなみにステータスボードには、他人に見せる設定と自分だけ見られる設定があるようだ。

俺は自分だけ見られる設定にして、ステータスを確認した。

名　前　：アキト・フォン・ジルニア
年　齢　：0

種　族：クォーターエルフ
身　分：王族
性　別：男
属　性：全
レベル：1
筋　力：15
魔　力：21
敏《びん》　捷《しょう》：8
　運　：78
スキル：【鑑定：1】【剣術：1】【身体能力強化：1】【気配察知：1】
　【全属性魔法：1】【魔法強化：1】
固有能力：【超成長】【魔導の才】【武道の才】【全言語】
　【図書館EX】【技能取得率上昇】
称　号：
加　護：フィーリアの加護

ガチャの結果はちゃんと反映されているようだったけど……あれ？　ガチャの結果以外のスキル

もあるな。

偶然なのか、そもそもそういうものか分からないけど、この世界での名前も前世と同じ〝アキト〟だった。

俺がステータスボードに見入っていると、ガチャッという音と共に誰かが部屋に入ってきた。

俺は慌ててステータスボードを消し、赤ちゃんの真似を始める。「あうあう」と言うのは若干恥ずかしいが、仕方ない。

「あら、アキトちゃん、起きたのね～」

「アキト、おはよう」

な、何だ、このイケメンと美女は⁉

イケメンの方は金髪に青い瞳って何処のアニメキャラだよ⁉　美女の方は青い髪に髪色と同じ青い瞳をしていた。

赤ちゃんの真似をするのも忘れ、俺は二人に見入ってしまう。

「あらあら、アキトちゃんったら、私達をじっと見てどうしたんでしょうね。ほんと、赤ちゃんって可愛いわ」

「そうだな、エレミア。私が抱っこしても大丈夫だろうか？」

イケメンが美女にそう尋ねると、美女は俺の方を見た。

「う～ん、アキトは大丈夫そうね」

美女が俺を抱きかかえた瞬間——俺は自分の体に当たる〝柔らかな物〟に意識を集中させた。

その物体の正体は——美女の豊満な胸である。首が据《す》わっておらず目視できないが、この感触からして相当大きいと見た。

美女がイケメンに、俺を受け渡す。

「はい、アリウス。落としたらだめよ」

「分かっているさ。エリク達の時は時期が悪くて、赤ちゃんの頃を見る事ができなかったからな……あぁ、可愛いなアキト……」

イケメンは俺を抱きかかえると、心の底から愛おしそうな眼差しを向けてきた。

この二人は、俺の母親と父親なのだろう。

なら、ちゃんと相手をしてやらないと。

「あ〜！」

「ッ!! エレミア、アキトが私の顔を見て笑ってくれたぞ！」

「あら、本当ね。アキトはお父さんに抱かれて嬉しいのね」

父親は、俺が笑っただけで嬉しがってくれた。そんな父親を見て、母親は笑みを向けている。

それから長い間、母親と父親が俺を交互に抱っこしていた。

「あふ〜」

しばらくして俺はベッドに寝かされた。

その後すぐに、両親は去っていった。

父親も母親も美形だったから、俺の顔も期待できそうだ。まだ自分の顔を確認していないので分からないけど、きっと整っているに違いない。

そういえば、抱っこしてもらった時に部屋全体が見られたのだけど、子供部屋にしては随分と広かった。

ガチャで〝出生：王家〟を引いたし、やはり王家なんだろう。

でも、庶民として前世を過ごしてきた俺にとって、この広い部屋は合わないかもしれない。元より俺は貧乏性で、狭い部屋の方が好きだし。

そんな心配をしていると急に睡魔《すいま》が襲ってきて――俺は意識を手放した。

◇◇◇

目覚めてすぐ、腹が減って死にそうになっているのに気付く。

それで本能的に泣き声を上げる。

すると、メイド服を着た年若い綺麗な女性がやって来た。そして、彼女は胸をさらけ出して俺の口元に近づける。

あぁ、成程。乳母《うば》という人か。しかしこの人も美人だ。

母親が来なかった事を残念に思いつつも、俺は必死になって乳を吸った。そうしてお腹いっぱいになってゲップをし、再びベッドに寝かされる。

赤ん坊ごっこをするのはキツいと思っていたが、これはこれでありなのかな。

再び睡魔がやって来て、俺は再び夢の世界に旅立つのだった。

第2話　魔法の訓練を始めます

異世界に転生してから五年経つ。

この世界の事も、大分理解してきたように思う。

俺が生を受けたのは、ジルニア王国という国だ。世界に五つある大陸のうち二番目に大きな大陸にある国で、その約半分を治めているという。

この大陸には他にも小国がいくつかあるが、実質的にはジルニア王国が全土を掌握《しょうあく》しているようだ。

また、他の大陸と違ってこの大陸には多くの種族が住んでいるとの事。

まあ、未だ城から出た事がないので詳しく知らないけどね。

そもそも、王国を治めるジルニア王家はヒューマン族のみの王族だったらしい。

他国との戦争を経て、エルフ族と婚姻関係を結ぶようになり、エルフの血が王家に流れるようになったのだ。

ともかくそんなわけで、現国王アリウス・フォン・ジルニアは、エルフの血が半分入ったハーフエルフであり、俺はクォーターエルフというわけだ。

エルフは魔力値が高く、長寿の種族である。

種族以外にも寿命を決める要因はあって、この世界には魔力値が高いと長生きするという摂理《せつり》がある。

俺の母・王妃エレミア・フォン・ジルニアはヒューマン族でありながら魔力値が高いため、ハーフエルフの父と同じくらい生きられる。

ジルニア王家には、俺以外にも子供がいるんだけど――

◇　◇　◇

「アキト、何をしてるんだい？」

俺の部屋に入ってきて話しかけてきたこのイケメンは、長兄のエリク兄さんだ。

父親に似て、綺麗な金髪に蒼眼《そうがん》。

俺とは七つ離れた十二歳である。

兄は俺の事が大好きで、俺と過ごす時間の少なさにいつも文句を言っている。

俺も俺でエリク兄さんと一緒に過ごしたいので、エリク兄さんが学園から帰ってくるとすぐに会いに行っていた。

俺はエリク兄さんの質問に答える。

「勉強です。いずれお父様やお兄様のお手伝いをしたいので！」

「ッ！　ア、アキト……本当にアキトは良い子だよ。絶対、僕が守ってあげるからね」

エリク兄さんは大げさに膝から崩れ落ち、ポロリと涙を流した。

この兄、歳が離れているというのもあってか、俺に対して過保護なところがある。以前俺が廊下で転んだ時は、その日一日中抱っこさせられ、歩かせてももらえなかったし。

俺が大人になって結婚とかしたら、いったいどうなるんだろう。今から不安で仕方がない。

俺はエリク兄さんに尋ねる。

「ところで、この時間は学園じゃないんですか？」

「あぁ、今日はテストだったから。早く終わったんだ」

「テストですか？　それはお疲れ様です」

「あぁ、アキトに労《ねぎら》いの言葉をかけられたら、テストの疲れが吹っ飛んだよ」

エリク兄さんが天に召されそうな表情をしていると、再び部屋の扉が開いた。

現れたのは、長女のアミリス姉さんだ。

アミリス姉さんは青髪に蒼眼で、母さんにそっくりな容姿をしている。俺とは五歳離れた十歳で、今年から学園に通い始めていた。

姉さんもエリク兄さん同様、テストがあって早く帰宅したのだろう。

ちなみに俺の容姿はというと、父親と同じ金髪で、顔は母親に似ていると言われている。ガチャで引いた通り〝美形〟だ。

「エリク兄さん、やっぱりアキトの所にいたんですね。お父様がお呼びでしたよ」

「父様が？　分かったよ。ありがとう、アミリス」

エリク兄さんはアミリス姉さんに礼を告げると、「アキト、勉強頑張って」と言って部屋を出ていった。

それから、俺は部屋に残ったアミリス姉さんと一緒に勉強をするのだった。

その日の晩、家族みんなで夕食を取っていると、その席で父さんから思いもよらない提案をされた。

「アキト、学園に通ってみたいとは思わないか？」

「学園？　でも、十歳にならないと入れないいんじゃないんですか？」

「本来はそうだが、学園には〝特別試験入学〟という制度があるんだ。多少難しい試験を受ける事になるが、合格すれば学園に通えるようになるんだよ」

へぇ、そうなのか。俺はまだ小さいので王城で大人しくしているしかないと諦めていたけど……学園に行けるなんて楽しそうだ。

黙って聞いていた母さんが止めに入る。

「ねえ、やっぱりやめましょうよ」

「エレミア。アキトの勉強への熱心さは知っているだろう？　家庭教師を雇ってアキトに勉強させる事もできるが、頭の良いアキトは、十歳の入園前に学園で学ぶ事を全て覚えてしまう可能性もあるぞ？」

父さんの俺に対する期待が凄いな。それでも母さんは心配らしい。

「でも、アキトはまだ五歳よ？　それに魔法が使えないと、学園にはそもそも入れないでしょ？」

すると、父は首を横に振り、俺の方を向いた。

「……アキトは、魔法を使えるよな」

「「ええ!?」」

母さんと兄さんと姉さんが驚いて声を上げる。

実は以前、隠れて魔法の練習をしているところを、父さんには見られてしまったのだ。

その時、父さんはさっきの母さん達と同じように驚いていたが——すぐに「そうか、魔法スキルを持ってたんだな」と嬉しそうに言い、それから「でも魔法は危ないから父さんと特訓をしようね」となって、父さんと秘密の特訓をしていたのだけど。

「そういうわけで、アキトには生まれ持っての魔法の才能がある。だから、試験を受ける価値があるんだ」

「……」

父さんにそう言われ、母さんは凄く悩んでいたが、数分経って「分かったわ」と言った。

母さんが真剣な表情で尋ねてくる。

「アキト、あなたは良いの？　試験はもの凄く難しいって聞くわよ？」

「はい！　今の自分がどれ程なのかも知りたいので、受けるだけ受けたいんです。それに、落ちたとしても五年待てば学園には通えますし、気楽に挑もうと思います」

俺がそう答えると、母さん、父さん、エリク兄さん、アミリス姉さんがそれぞれ口にする。

「はぁ～、アキトは本当に頑張り屋さんね……よし、母さんも応援しちゃうぞ」

「勿論、私も応援するよ」

「僕も応援するよ。アキト、頑張れ」

「お姉ちゃんも応援してます。一緒に試験勉強しましょう」

結局、家族全員から応援される事になるのだった。

「期待にこたえられるように頑張ります」

その日は食後すぐに風呂に入って、自室に戻った。

入学試験までは一週間ある。

この一週間は、朝から夕方まで座学の勉強。夕方から夕食までの短い時間帯を、魔法の訓練に割こうと決め、寝床に就くのだった。

◇　◇　◇

初日の朝。

「とりあえず、魔法の訓練が始まるまで、自分のステータスでも確認しておこう」

メイドが来る前に着替えを済ませた俺は、ソファーに座ってステータスを確認する。

名　前：アキト・フォン・ジルニア
年　齢：5
種　族：クォーターエルフ
身　分：王族
性　別：男
属　性：全

レベル　：1
筋　力　：37
魔　力　：1079
敏　捷　：32
　運　　：78
スキル　：【鑑定：MAX】【剣術：2】【身体能力強化：2】
　　　　　【気配察知：MAX】【全属性魔法：2】【魔法強化：2】
　　　　　【無詠唱：MAX】【念力：MAX】【魔力探知：MAX】
　　　　　【付与術：3】【偽装：MAX】【信仰心：3】
固有能力：【超成長】【魔導の才】【武道の才】【全言語】【図書館EX】【技能取得率上昇】
称　号　：努力者　勉強家
加　護　：フィーリアの加護

いつ見てもレベルは変わらないな。

レベルが1のままなのは、未だ家から一歩も出た事がなく経験値を稼いでいないから。その一方で、魔法の訓練はしてきたので魔法の能力値は上がっている。

「魔法に集中した結果だな」

そのおかげで、魔法系のスキルレベルが軒並みＭＡＸになっている。

ただし、【全属性魔法】は1しか上がっていない。

この能力は、【全属性魔法】という一つのスキルの中に各属性の魔法スキルが入っているようなものなので、転生ガチャで引き当てた【超成長】をもってしてもあまり上がらなかった。

まあ、まだ転生して五年だし、気長に育てていくかな。俺は第二王子で、スローライフが送れる立場なのだから。


「アキト、もう起きておったのか？」

俺に話しかけてきた人物。

俺の父方の祖父、エルフ族のリオン爺《じい》ちゃんだ。

でも見た目は、俺の父さんと変わらないくらい若い。エルフ特有の長い耳に緑の髪色をしていて、目の色は父さんと同じく蒼眼だ。

「どうしたの、爺ちゃん？　最近、見かけなかったけど、何処かに行ってたの？」

「うむ、ちょっと〝トカゲ狩り〟に行ってたんじゃよ。久しぶりに奴らの肉が食いたくなってのう」

ははは。またか、この爺さんは……

爺ちゃんは閉鎖的なエルフ族の里出身で、その里では森から出ないのが決まりだった。それにもかかわらず「森の中で暮らすとか腐ってしまうわ」と里を飛び出し、世界中を旅したという変わり者である。

ジルニア王国が戦争続きだった時代。爺ちゃんは、押され気味のジルニア王国側に「面白そう」という思いから就いたという。

それで連戦連勝となり、たった一年で戦乱を終結させてしまった。

ジルニア王国に多大な貢献をした事で、爺ちゃんは王族に迎え入れられ、〝最強魔導士リオン様〟として国中から崇《あが》められている。

俺は、トカゲを狩ってきたと言った爺ちゃんに忠告する。

「トカゲって竜の事だよね。あまり狩りすぎたら、生態系が崩れるから程々にね」

「うむ、分かっておる。ちゃんとトカゲに〝何体倒していいか？〟と聞いて、その数だけしか食べておらぬ。ちょいと余ったもんだから、ついさっき料理長に渡してきた。今晩はトカゲ肉が食えるぞ」

はぁ～、これでも昔は王様をやっていたはずなのにな。

まあ、政治のほとんどを婆ちゃんや大臣に任せて、自由奔放《じゆうほんぽう》にしていたらしいけど。

「それで、アキトは何をしてるんじゃ？」

「父さんから学園に入学しないかって急に言われてさ。そのための準備をしてたんだよ」

「ほう！　そういえば、学園は実力があれば何歳からでも入れたのう。うむ、儂《わし》に何か手伝える事はないかの？」

　爺ちゃんが⁉

「爺ちゃんが⁉」

「こら、思ってる事をそのまま言ってるぞ？」

　おっと、爺ちゃんって勘が鋭いから、思ってる事がバレちゃうんだよな。

　まあ、今のは俺が口に出していたわけだけど。

「それでどうなんじゃ？　魔法なら儂が教えてやるぞ？」

「う～ん。父さんにも魔法教えてもらう事になってるからなあ。じゃあさ、父さんから教えてもらえない攻撃魔法、教えてくれる？」

「うむ、良いぞ！　数千もの敵を吹き飛ばせる魔法を教えてやろう！」

　いや。そんな強力な魔法を教えてもらっても、使う場面ないでしょ……でもまあ、でも爺ちゃんに教えてもらうのは楽しそうだな。

　父さんは、どちらかというと補助系統の魔法の扱いが上手いけど、攻撃魔法はあまり得意ではないんだよな。その分、剣術や体術が得意で、色んな技を見せてくれるけどね。

　俺は爺ちゃんに言う。

「それじゃ早速行こっか？　爺ちゃん」

「うむ、この時間なら訓練所も空《す》いておるじゃろうしな」

爺ちゃんは俺に魔法を教えられるのが嬉しいみたいだった。

俺を抱えた爺ちゃんがやって来たのは、城の敷地内にある兵士達が使う訓練所だ。

そういえば午前中は座学の予定だったけど、仕方ないか。

爺ちゃんがニコニコしながら尋ねてくる。

「まずは、アキトの実力を知りたいのう。今、使える魔法を見せてくれぬか？」

「うん、分かった。それじゃ、見せるね」

火、水、風の基本属性。

土、氷、雷の変化属性。

光、闇、無の無系統属性。

更にどの属性にも入らない、時空間属性の魔法を爺ちゃんに見せた。

「アキト……全属性の持ち主じゃったのか⁉」

「うん、そうだよ。でも、父さん以外はこの事を知らないから、あまり言いふらさないでよ？」

ちょっと自慢げに言ってみたものの、よく考えたら爺ちゃんも全属性使えるんだよな。

「何じゃ何じゃ、アキト！　全属性持ってるんなら、早く言ってほしかったぞ！　でもおかしいな。アキトが小さい頃、【鑑定】を使った事があるんだが、何も属性持ってなかったと出たはずなんじゃが……」

「あ～ごめん、爺ちゃん。俺、【偽装】を持ってるから【鑑定】を弾いたんだと思う。レベルはMAXだから、MAX以下の人が【鑑定】しても弾いちゃうんだ」

フィーリア様に忠告もされていたので、もしもの時に備えて、生まれてから一ヵ月間で【偽装】のレベル上げをしたのである。

そういえば、父さんも爺ちゃんと同じように驚いていたな。

「そうじゃったのか!? た、確かに儂の【鑑定】はMAXじゃないし、弾かれてもおかしくないのう。しかし、魔法が使えると分かったら違うぞ！ アキト、儂の全てを教えてやる！」

爺ちゃん、めっちゃやる気出してるよ。

魔法の訓練以外にも、俺は試験勉強しないといけないから程々にしてほしいんだけど……

そう心配しながら俺は、爺ちゃんとの魔法の訓練を始めたのだった。

第3話　魔法の才能

「……ああ、本当に爺ちゃんの魔法は凄いな」

爺ちゃんと訓練を始めて二日目。

俺は爺ちゃんの魔法に、完全に魅了されていた。

ちなみに、座学と魔法の訓練の日程を見直し、一週間分改めて決め直した。前半四日間は魔法の訓練、後半三日間は勉強に集中する事にしたのである。

そんなわけで今日は、爺ちゃんと一緒に修業場所の山へやって来ていた。

「……こんな感じじゃな。分かったか、アキト？」

「こんな感じじゃって……ただただ凄まじい魔法を見せつけられて、やり方もコツも教えられてないんだけど？」

山に連れてこられて一時間。

この山よりも大きな火の玉、津波《つなみ》レベルの水の壁、そんな魔法を見せつけて、笑顔で「分かったか？」とか言ってる爺ちゃんは、多分教えるのが下手だと思う。

ともかく今見せてもらった魔法は、どれも俺が想像していたよりも大分凄かった。

「ねえ、爺ちゃん。一つ聞いてもいいかな？」

「んっ？　何じゃ質問か？　良いぞ」

「爺ちゃんってさ……人に魔法を教えた事ってある？」

ああ、爺ちゃん。さっきまで目をキラキラとさせていたのに、一瞬にして落ち込んでるよ。

これは、教えた経験ないって事だな。

「すまぬのう。これまで儂、誰かに魔法を教えた事がないんじゃよ。アリウスは婆《ばあ》さんっ子で儂が魔法教えるのを嫌がったし、エリクやアミリスは儂が教えるより教師に教わった方が良いって婆さんに止められてのう……」

「そうだったんだね。じゃあ爺ちゃん、魔法を使う時どんな事を考えているとか、具体的に教えてくれる？」

「うむ、そうじゃな……」

教え方は知らないが、魔法使いとしては一流の爺ちゃん。

適当に魔法を使っているはずがないと思って詳しく聞いてみると——やっぱり色んな事を考えていた。

「……成程、俺が思っていた通りだよ。イメージ力も魔法威力に関係してるけど、それ以上にその属性の事を知らないといけないんだね」

爺ちゃんが話してくれた事をまとめると、そんな感じだった。

つまり、属性の知識が必要なのだ。

「うむ。例えばな、一つ一つの属性には相性の良い属性、悪い属性が存在しておるからのう。複合魔法を使う際には気を付けないといかん。火と水、加減を間違えれば相殺《そうさい》して蒸発してしまうが、上手くコントロールすれば温水に変わる」

爺ちゃんはそう話しながら、複数の属性と組み合わせる〝複合魔法〟を使った。

爺ちゃんの手の上には温水があるが、これは簡単そうで難しい。頭の中で温かい水をしっかりイメージしないと生み出せないのだ。

　爺ちゃんは一瞬で作り上げてしまったけど。

「凄いね。爺ちゃん、複合魔法が使えるんだ」

「最初の頃はイメージ力も乏《とぼ》しくなかなか難しかった。じゃが、経験を重ねたおかげで、今では簡単に扱う事ができる。他のスキルも一緒じゃが、容易に極める事はできんし、覚えたところで訓練を怠《おこた》ればすぐ忘れてしまう。日々の積み重ねが大事じゃよ」

「はい！」

　勢いよく返事をする俺に、爺ちゃんは嬉しそうに笑い、俺の頭を軽く撫でた。

　爺ちゃん、これまで息子にも孫にも教えられなかったから、俺に教えられるのが嬉しいんだろうな。

　爺ちゃんが笑みを浮かべつつ言う。

「まず基礎の基礎として、魔法のイメージ力が必要じゃ。アキトはその辺は大分いい感じじゃ」

「そうなの？」

　爺ちゃんの褒め言葉が疑わしく感じ、俺は聞き返した。

　だって、爺ちゃんの魔法を見せつけられた後なんだ。そんな事を言われても、孫可愛さに褒めたのでは？　と信じられない。

「アキト、お主今、儂が〝孫可愛さに褒めた〟と思ったじゃろ？　一つ言うとじゃな。アキトの今の魔法の力でも、試験に合格する事はできるんじゃ」

えっ？　爺ちゃん。流石にそれはないでしょ。

だって学園って前世で言う進学校みたいな所だと聞いている。確かに色々と訓練はしてきたけど、それで入学は……

そんな事を考えていると、爺ちゃんはボッと手にハンドボール程の火の玉を作り、数メートル先に投げた。

「今見せた魔法で、学園に入学はできるんじゃ」

「えっ？」

「学園は〝勉強する場の提供〟というのを方針としておって、入学金もそこそこに抑えておるんじゃ。また、貴族・平民といった身分に関係なく、色んな者達が勉強できるように、入学レベルは低く設定されておるんじゃよ」

「そうなんだ」

試験は難しいとも聞いていたのに、そういうわけじゃないんだね。

「じゃが、だからと言って勉強しない者がずっといる事はできんのじゃ。誰かれ構わず学園に置いておく事はできんからのう。学ぶ意志がある者だけが学園に残れる。じゃから、入学レベルで満足しておったらいかんのじゃ」

爺ちゃんはそう言うと、もう一度手に魔力を集めた。そして、先程の火の玉の数十倍の大きさの火の玉を作り上げ、同じように飛ばした。

魔法が当たった地面は抉《えぐ》れ、炎が派手に燃え広がる。

「このレベルが、今回の特訓の合格ラインじゃ！」

笑顔で言う爺ちゃんに対して、俺は内心でこう思った。

——俺、そのレベル、既に扱えます。

笑顔でこちらを見ている爺ちゃんに、申し訳ないと感じながらも俺は魔力を練る。そうして合格ラインと言われた威力の魔法を放った俺は、爺ちゃんの方を向く。

爺ちゃんは呆然としていた。

「へっ？」

「爺ちゃん、そのくらいの魔法はもう使えるんだ。参考までに言うと、俺の魔力値は１０００超えてるよ」

「……せ、１０００じゃと⁉」

やっぱり驚くか。

まあ、前にこの世界の人々の魔力値を調べた事があるんだけど、１０００は冒険者でＣ・Ｄランクの強さだった。

数値に関して更に詳しく言うと、こんな感じだ。

0～100：子供レベル
100～500：一般人レベル
500～1000：新人冒険者、新兵レベル
1000～5000：中級冒険者、兵士レベル
5000～10000：上級冒険者、団長レベル
10000～：化け物レベル

俺の魔力レベルは、右から四番目。中級冒険者レベルに値する。

ちなみに、この数値は目安みたいなものだから、「1000以上ある。これで中級冒険者だ！」というわけではない。

なお、10000以上の者はこの世界に数人程しかいない。いても、竜王《りゅうおう》だったり獣王《じゅうおう》だったり、他大陸の別種族の王とかである。

まあ、この国にもその10000超えの化け物がいるんだけどね。

その人物は、目の前で俺のステータスを見ている〝狂魔導士《きょうまどうし》リオン〟こと、リオン・フォン・ジルニアだ。ちなみに爺ちゃんには、〝最強魔導士〟とか〝狂魔導士〟とか物騒な二つ名がたくさんある。

「アキト。すまぬが、儂にお主のステータスを見せてくれぬか？　スキル関係は見せなくて良いぞ。

儂だって人には見せたくないからのう」

確かに教えてもらう立場だし、ステータスを見せるのは筋《すじ》だな。

俺は、能力値だけの表示設定にして、爺ちゃんにステータスを見せた。

「……成程のう。魔力だけが飛び抜けておるのう」

「うん。ほら、俺って子供だから剣を扱うのは危ないでしょ？　魔法は本で読んでて興味があってさ、隠れて練習してたんだ」

「ふむ。それで魔力だけが強化されたんじゃな。この数値から見て、加護も持っておるじゃろうし……うむ、分かった。アキトの訓練内容は見直しが必要じゃな。今日のところは一旦帰って、アリウスに、魔法のコントロールの仕方を習っておくんじゃ」

それから爺ちゃんは転移魔法を唱え、一瞬で俺を家まで送り届けてくれたのだった。


爺ちゃんがいなくなった後、言われた通り父さんの所へ向かう。

確か、父さんは書斎にいると言っていたな。

「父さん、今いいですか？」

「んっ？　アキトか。今日はリオン父さんと魔法の訓練じゃなかったのかい？」

部屋に入ると、書類を読んでいた父さんが質問してきた。

まあ、どうせ全部バレるだろうと思っていたから――俺が爺ちゃんが決めた合格ラインを既に超えていた事を伝える。

「成程。確かにアキトの魔法レベルは普通の子供よりも大分高いからね。父さんが見誤っていたのは分かったよ。いつもやってるコントロールの訓練をするかい？」

「うん。爺ちゃんにもそれをしておけって言われてるから。でも、父さん仕事中じゃ……」

「大丈夫だよ。仕事は終わってて、今は確認してただけなんだ」

父さんはそう言うと、見ていた書類を机に置く。

そうして、妙にニコニコして近づいてきた。

ああ、やっぱり父さんは爺ちゃんの子だな。爺ちゃんが俺に魔法を教えられるとなった時と同じ顔をしてるよ。


父さんと訓練所へ向かう途中、学園から帰ってきたアミリス姉さんと合流する。

アミリス姉さんも訓練に参加する事になり、俺に魔法を見せてくれる運びとなった。

正直、爺ちゃんの後だしな……と期待していなかった俺の考えを吹き飛ばす程、アミリス姉さんは美しい魔法を見せてくれた。

氷属性魔法で氷の花を作ってくれたのだ。

「凄い。姉さんの魔法、綺麗だね！」

「アミリスは、本当に魔法のコントロールが上手だ」

俺と父さんが称賛すると、アミリス姉さんは照れながら言う。

「お父様の教え方が良かったからですよ。私は魔力が少ないので、アキトに良い所を見せるにはこんな方法しかありませんから」

アミリス姉さんは爺ちゃんや父さんと違って、魔力量の伸び方が少ない。

俺が生まれて間もない頃、それを気にしてよく泣いていたイメージがある。

だからこそ、アミリス姉さんはこういった魔法を勉強していたんだな。俺は本当に良い姉を持ったと思う。

父さんが俺達に声をかける。

「それじゃアキト、アミリス。始めるよ」

「はい！　今日もお願いします！」

「お父様、お願いします」

父さんの言葉に返事をした俺とアミリス姉さん。

父さんは「それじゃ、いつも通り魔力を集めて」と言い、魔法コントロールの訓練を始めるのだった。

◇　◇　◇

「アキト、これはどういう事だい？」

「ご、ごめんなさい……」

深夜、俺は自室の床に座り、父さんに謝罪していた。

何故、こんな事になっているのか？

それは、〝魔力の暴発〟を起こしてしまったからだ。

父さんと本格的な魔法の訓練を始めた今日、近くにアミリス姉さんがいたのもあって、俺は力をセーブして訓練をしていた。

普段は魔力をほとんど使いきってから就寝するのだが、力をセーブした事によって魔力があり余ってしまったのだ。

それで俺は、こんなふうに思ってしまったわけだ。

――それなら折角だし、父さんから教わったばかりの訓練法を試そう。

やり方を教わって間もない訓練法を一人で試したのがいけなかった。

魔力を上手く扱えず暴発させてしまい、行き場を失った魔力は部屋の壁に飛んでいき、大穴を作ってしまったのだ。

前世の時もあったな、調子に乗って失敗した事。

俺って学習能力低いのかな……

「父さん以外が寝ていたから良かったけど、メイド達が起きてる時間帯だったら、騒ぎになってたよ？　アキトの魔力は五歳児とは思えない程、強いんだから」

「ごめんなさい……いつもは魔力が尽きるまで使って寝てたから違和感で……」

「うん、分かってるよ。訓練が終わった時、アキトがもの足りなさそうな顔をしていたからね。それに気付いていたのに、声をかけなかった父さんの責任だ。今日はもうゆっくり休みなさい。穴は父さんが直しておくから」

父さんはそう口にして壁に手を当てると、魔力を流して一瞬にして壁を修復してしまった。それから父さんは、床に座り続ける俺を抱き上げ、ベッドに寝かせてくれた。

やっぱり凄いな……父さん、あの大穴を一瞬で直したよ。

爺ちゃんは破壊するのは得意だけど、こういった繊細な魔法の使い方は苦手なのだ。魔力コントロールだけで言うと、この国で一番なのは父さんだ。

「ありがとう、父さん。ちゃんと魔法が扱えるようになるまでは一人で訓練しないでおくね」

「そうだね。危ないから、父さんか爺ちゃんがいる所で我慢するんだよ」

父さんは、俺に掛布団を首元までかけてくれ、「おやすみ、アキト」と言った。

それから、魔具である明かりのランプの魔力を切り、部屋を出ていく。

その後、俺はやらかした事を改めて反省して眠りに就くのだった。

「ふむふむ。それでアキトは朝から落ち込んでおったのじゃな」

「うん、やっぱり失敗してすぐだと、どうしてもね……」

次の日になっても、俺は昨夜の失敗を引きずっていた。

爺ちゃんとの魔法の訓練に山へ来たが、気分が優れない。爺ちゃんが「何かあったのか？」と聞いてきたので、俺は昨夜の事を話した。

「しかし、いつも良い子にしておるアキトが部屋に大穴を作るとは。よく、アリウスは驚かなかったのう」

「実は俺、父さんの前だと結構やらかしてるんだよね」

失敗したのは、昨夜が初めてではない。

魔法を一人で使って庭に穴を作ったり、魔法の訓練してる時に父さんを吹き飛ばしたりした事もあったな……

やらかした事を思い出して凹《へこ》んでいると――爺ちゃんから頭を撫でられ、「まっ、これから成長していけばいいんじゃよ」と言われた。

爺ちゃんが空気を変えるように明るく言う。

「昨日はアキトの魔法の腕が儂の思っていた以上じゃったから中断したが、今日はミッチリと訓練するぞ」

「はい！　お願いします。爺ちゃん！」

昨日の失敗は忘れ、俺は元気よく返事をする。

爺ちゃんはそんな俺を見て笑顔になり、「うむ、それじゃまずは……」と言って訓練の内容を伝えた。

こうして魔法の訓練の日々が始まった。

朝から昼までは主に攻撃魔法の訓練。昼から夕方までは補助系統の魔法及び魔法コントロールの訓練を行った。前者は爺ちゃんと、後者は父さんとである。

その際、あまりにも俺の吸収力・意欲が高かったせいで、元々決めていた座学の勉強は減らす事になり、二日だけになった。

爺ちゃんと父さんで、俺の訓練時間を取り合うトラブルがあったりしながら、あっという間に試験日となった。

◇　◇　◇

当日朝、俺は部屋で一人ため息を吐いていた。

「とほほ……結局、座学は【図書館ＥＸ】でやっただけだったな」

当初はアミリス姉さんに教えてもらう予定だったが、入学試験の範囲は随分と広く、アミリス姉さんが教えられる範囲を超えていたため、結局一人で行う事になった。

夜中、一人黙々と勉強をしていたから、若干寝不足気味だ。

寝てない理由は他にもあって、座学の勉強日に爺ちゃんに無理やり山に連れていかれたり、父さんが部屋に突入してきたりと、色々あったわけで……

「アキト、入るよ」

扉の外から父さんの声がしたので、「どうぞ」と返事をする。

「アキト、準備は終わってるみたいだね。緊張してるかい？」

「ちょっとね。こういう試験、受けた事ないから……」

「まあ、アキトはまだ五歳だ。落ちたとしても私達が親馬鹿だっただけだから、あまり緊張せず受けてくると良いよ」

父さんはそう言って優しく俺の頭を撫でてくれた。

それから、俺は試験道具を入れたバッグを持ち、父さんと一緒に部屋を出た。

玄関の外に出ると、城で働いている者達が勢揃いしていた。

「アキト様、試験頑張ってきてください」

「アキト様なら絶対に合格できますよ」

「アキト様、応援してます」

流石にこんな大げさな見送りされたら、試験前で緊張しているというのに、更に緊張しちゃうんだけど!?

「ね、ねえ、父さん。今ので緊張感が限界突破したよ……」

「えっ？　良かれと思って準備したんだけど、逆効果だった？」

父さんの仕業でしたか……

学園に到着するまでの間、俺は馬車の中で胃の痛みと戦う事となったのだった。

第4話　入学試験

学園に到着した俺は、巨大な建物群に目を奪われていた。

一つ一つの建物の大きさは城より小さいが、いくつも敷地内に建てられているというのもあって、存在感が凄かった。

「どうかな、アキト。なかなかだろう？」

「あぁ、うん。大きいね」

「この国で城の次に大きい建物だからね。敷地でいえば、城よりもあるんだ。科目別に色んな設備が必要だって事で、何度か改装を繰り返しているうちに、今のような形になったんだよ」

「そうなんだ……」

たまに忘れるが、一応この国は大陸一の大国だ。こういった所には金をかけるんだろう。

それにしてもこの大きさ、迷い込んだらなかなか出てこられなさそうだな。入学したら、ちゃんと道とかを覚えよう。

そんな心配をしつつ父さんと一緒に敷地内へ入り、一番大きな建物の中に入った。

廊下を進んでいき、学園長室という部屋の前で止まる。

「マリー先生、入ってもよろしいですか？」

「どうぞ、お入りください」

父さんの声に返事が来る。扉を開けて、俺と父さんは部屋へ入った。中では、五十代くらいの灰色の髪に赤い瞳をした女性が待っていた。

「これはこれは、アリウス様。アミリス様の入学式以来ですね」

「ああ、久しぶりだね。アキト、こちらの方はこの学園の学園長をしているマリー先生だ。私が学生の頃にお世話になった、担任の先生なんだよ」

父さんが俺にそう言うと、マリー学園長は俺に笑みを向けてきた。

「こんにちは、アキト様」

「こんにちは、マリーさん。今日はよろしくお願いします」

ペコッと頭を下げる俺を見て、マリー学園長は「あらまあ、入学当初のアリウス様と違って、作法が完璧ですね」と褒めた。

その言葉に、俺はふと違和感を覚えた。

……父さん、学園時代は優等生で、作法も完璧だったたって言ってなかったかな？

父さんが慌てて言う。

「ちょ、マリー先生ッ！」

「あら？　もしかしてアリウス様、アキト様に嘘をついてたんですか？　アキト様、アリウス様が入学した時の様子、どういったふうに聞いています？」

「誰よりも礼儀作法ができ、成績が良く、首席合格者として皆を引っ張っていたと」

確か、そんなふうに言っていたような。

……って、父さん⁉　露骨に「やっべ」みたいな顔してるけど、もしかして⁉

「礼儀作法ができて、くく、成績が良く、くくく、首席合格で皆を、くくく――」

学園長はしばらく笑いを抑えていたが、やがて「アハハハハ」と盛大に噴き出してしまった。

俺は真顔で、父さんの方に視線を向ける。

「父さん……」

「アキト、こっちを見るんじゃない」

気まずそうにする父さんを横目に、学園長が告げる。

「あ～もう。久しぶりにこんなに笑ったわ。アキト様、アリウス様はですね、権力を盾に暴れ回っていたんです。父君があのリオン様ですからね。他の学生は何も言えず、ただただ従っていたんですよ」

「ちょ、マリー先生！　当時の事は言わないでくださいよ。黒歴史なんですから！」

「あら？　それはいけません。真実を知るのは大事ですからね、アキト様。アリウス様の過去について詳しくお話しますよ」

「は、はぁ……」

それから、父さんの学生時代の黒歴史について詳しく聞かされる事になった。

一人っ子で我儘《わがまま》に育っていた父さんは、王家の権力を振りかざし、我が物顔で過ごしていたらしい。

成績は下から数えた方が早く、周りの人の足を引っ張っていたとの事。

父さん、俺が聞かされていた話と正反対じゃないか……

父さんはしょんぼりしながら言う。

「で、でもな、アキト。二年生からは真面目になったんだよ」

「えぇ、そうですね。一年生として入学してきた首席合格者のエレミア様によって、変わりましたから。好き勝手していたアリウス様を見たエレミア様は、それはそれは手厳しくアリウス様をちょう……おっと失礼しました。退学手前だったアリウス様を〝更生〟させたんです」

〝ちょう……〟って、〝調教〟って言おうとしたよね!?

そういえば、父さんって母さんの尻に敷かれているとは思っていたけど、まさかこんな過去があったとは……

父さんが顔を赤くして言う。

「も、もういいでしょう、マリー先生！　そんな事より今日は、アキトの試験をしに来たんですから」

「あら、いけません！　そうでしたね。すみません、アキト様」

「いえ、父さんの昔を知る事ができて良かったです。ところで、この話はエリク兄さんやアミリス姉さんは知っているのですか？」

「いいえ。この感じですと、知らないのでしょうね。私からお話した方が良いですか？」

「しなくて大丈夫です……そちらの方が俺としても都合が良いので」

俺がそう言うと、学園長は「あらあら」と笑った。その一方で、横で聞いていた父さんは顔を真っ青にしている。

やったぜ、父さんの秘密ゲットだぜ！


その後、試験用の部屋に連れてこられた。

父さんには学園長室で待ってもらっているので、俺と学園長しかいない。

「まずは筆記試験を行いますね。筆記用具はお持ちですか？」

「はい、大丈夫です」

「それではおかけください」

学園長に勧められ、俺は椅子に座った。

机には十枚程の紙が束ねられた冊子が置かれている。その表紙には、〝特別入学試験用〟と書かれていた。

成程、これを解くというわけか。薄いから意外と早く終わりそうだ。

「そちらが今回の試験用紙になります。解答用紙は付いておりますので、私の開始の合図とともに中を開いて取り出してください。制限時間は二時間。途中退出は禁止ですので、トイレには今すぐ行ってください」

「大丈夫です。先程済ませてあります」

「では、始めさせていただきます。時間内に終わりましたらお伝えください」

それからすぐに学園長が「始めてください」と言ったので、俺は冊子を開いて解答用紙を取り、問題文を読み始めた。

数分後——俺は驚いていた。魔法の試験は難しくないが、筆記試験はそれなりだと聞かされていたんだが……

いや、あの、流石にこれが難しいって事はないよね？

まあ、歴史の問題は暗記が必要だからなかなか大変だったんだけど、数学……いやこれは算数の問題だ。足し算引き算だけだし。

そういえば、以前アミリス姉さんとエリク兄さんの宿題を見せてもらった事があるんだが、掛け算の問題だった。

この世界の教育レベルって、日本からしたら低いのか。

「……マジか」

「あら、どうなされましたか、アキト様？」

「あっ、いえ！　問題を見て少し驚いただけです。続けますね」

つい口に出してしまった。

いや、でもこのレベルなら、間違いなく筆記試験は通るな。変なミスをしなければだけど……

以前の世界で、当時中学生だった俺は徹夜で試験に挑み、解答欄を一つずらして解答して0点を取った事がある。それ以来、試験の時は三回は見直すようにしている。

「学園長、終わりました」

「えっ、もうですか？　まだ三十分程しか経っていませんよ？」

「大丈夫です。ほら、ちゃんと全ての解答欄は埋めてますから」

俺が解答用紙を渡すと、学園長は「ほ、本当ですね。分かりました」と言って、問題用紙も回収した。

それにしても簡単だったな。スキルとかのおかげで暗記力が上がってるのもあると思うけど、拍子抜けしてしまった。

「それでは次の試験会場に移動します。お忘れ物がないように、ついてきてください」

「はい」

筆記用具をしまい、学園長の後について移動する。

やって来たのは、学園の敷地内にある訓練所だった。何でも大きな学園だけど、この訓練所も大分広く作られている。

今俺がいるのは〝第五訓練所〟なので、最低でもこれと同じような訓練所があと四つはある事になる。

「アキト様、次は魔法の実技試験です。あちらにご用意しております試験機に魔法を放つと、真ん中の板に、魔法の威力・精度の数値が表示されます。最高値は９９９ですが、合格ラインは２００です。気を楽にして魔法を放ってください」

「分かりました。それじゃ早速やりますね」

さ〜て、修業の成果をババンッと見せてやるぞ！


ええ、はい。意気込みすぎたのが間違いでした。

学園長室に、父さんの怒声が響き渡る。

「アキト！　言ったでしょ。加減をしなさいって！」

「はい……」

実技試験に臨んだ俺は、それはそれは学園長も腰を抜かすレベルの魔法を作り上げ――「アキト様、それは学生の領域を超えてます！」と叫ばれつつも調子に乗り、そのまま測定機に向けて魔法を思いっきり放ってしまった。

結果、測定器は木っ端微塵《こっぱみじん》になり、第五訓練所自体がボロボロになり、他のところで授業を受けていた生徒達が驚いて集まってきて——

学園始まって以来の大騒動となってしまった。

「まあ、アリウス様。その辺にしておきましょう。アキト様も反省しているようですし。それに、魔法の威力・コントロールを見たところ、大変優れていました。実技試験に関しては、満点合格ですよ」

「学園長さん……本当にすみませんでした」

この数日間で二回もやらかしてしまった俺は、もう穴があったら一生引き籠《こも》りたいくらいに自分が嫌になった。

「大丈夫ですよ。優秀すぎるのも大変でしょうけど、そこは私達、教師の導く力が試されるところですから」

落ち込んでいる俺に、マリー学園長は優しく声をかけてくれた。

「アキト様は調子に乗ってしまうところもあるみたいですが……何もできない癖に口だけは達者なお調子者よりはましですよ」

学園がそう言って父さんを見ると、父さんは慌てて声を上げた。

「ちょっ、マリー先生⁉　そこで私の悪口になるのはおかしいです！」

「ご子息であるアキト様が落ち込んでいるんですから。アリウス様の過去を話して、笑っていただこうと思っただけですよ」

「私の黒歴史を笑い話にしないでくださいよ！」

俺の前で、父さんと学園長がわちゃわちゃと言い合い始める。俺はその光景を見て、少し笑ってしまった。

「アキト様は笑ってる顔が一番ですよ」

マリー学園長はそう言って、俺の頭を優しく撫でてくれた。

◇　◇　◇

学園長の前では笑ってみせた俺だったが、学園を出た後、再び自分のやらかしを思い出して落ち込んでしまう。

「はぁ……」

ああ、今日は本当に色々とだめだったな……

自宅に帰ってきた俺は、部屋で一人になった。

「魔法は慎重に扱うって決めたのに、今日の俺は……」

ベッドに横になっていると、部屋の扉をノックする音が聞こえた。

「どうぞ」

ベッドから起きて返事をする。

部屋に入ってきたのは、リアナ婆ちゃんだ。婆ちゃんは父さんよりも綺麗な金髪で、王族の中で一番澄んだ蒼い瞳をしている。

「アキトちゃん、アリウスから聞いたわよ」

俺の婆ちゃん、こんな綺麗な見た目で、普段は編み物をしたり本を読んだり、ゆったりとした生活を送っている普通のお婆ちゃんに見えるが……

戦争当時は爺ちゃんと共に戦場を駆け回り、〝戦姫《せんき》リアナ〟と恐れられていたらしい。

「どうしたの、婆ちゃん？」

「ん～、アキトちゃんが落ち込んでるから慰めてやってほしいって、アリウスに頼まれたのよ」

帰宅途中も大分、父さんから慰めてもらっていたけど、ずっと落ち込んだままだった俺に、最終兵器の婆ちゃんを投入したというわけか。

「ほら、アキトちゃん、こっちに来なさい。お婆ちゃんが話を聞いてあげるわ」

「うん……」

婆ちゃんに呼ばれた俺はベッドから起き上がり、並んでソファーに座った。そして、夜中の壁穴事件、学園でのやらかしなどを全部伝えた。

「そんな事で落ち込んでるの、アキトちゃんは？　あなたの父親のアリウスの方がもっと酷い事をやってたわよ？」

婆ちゃんはそう言って、学園長に聞いたエピソード以上の、父さんの黒歴史を聞かせてくれた。

テストでは、毎回赤点。実技試験では、魔力の暴発。

他人とのコミュニケーションが不得意で、権力を使って子分を従え、他学生へ暴力を振っていた等々――最悪な王子だったと婆ちゃんは言った。

「でも、そんなアリウスを今の立派な王にしてくれたのが、エレミアちゃんなのよ」

「学園長から聞いたよ。父さんを更生させたんだよね？　ところで、何故母さんは父さんを更生させたの？」

俺が尋ねると、婆ちゃんはニッコリ笑った。

「それはね。エレミアちゃんとアリウスって実は、幼少期に結婚する約束をしていたの。親同士が決めたんじゃないのよ？　自分達で将来結婚するってね。子供の時から仲が良くて、よく遊んでいたからだと思うわ。でも、アリウスって忘れっぽくて、学園入る頃には他の女の子にちょっかいを出していたの。その現場にエレミアちゃんがたまたま遭遇しちゃって……そこから更生が始まったの」

「そ、そうなんだ……」

父さん、どんだけ悪ガキだったんだよ。

「婆ちゃん達は、父さんを更生させようと思わなかったの？」

「思っていたし、更生のために色々していたわよ。でも、私達にとってアリウスは一人息子だったから、強く言えなかったの。そこをエレミアちゃんが叱りつけて、飯抜きをしたり、石畳を足に載せ反省させたりして、今のアリウスに仕上げたのよ。親馬鹿だった私達では、あのエレミアちゃんを止められる気がしなくて……いつの間にか好青年になっていたアリウスを見た時は驚いたわ、これが私達の息子なの？　ってね」

婆ちゃんは当時を思い出したのか、笑みをこぼした。自分が思い詰めていた事を忘れて、俺も一緒になって笑っている。

ああ、やっぱり婆ちゃんは凄いな。

俺が落ち込んでいると、いつもこんなふうに楽しい話をしてくれて、俺の気持ちを切り替えてくれるんだ。ほんと、婆ちゃんは人を元気にする天才だ。

「ありがとう、婆ちゃん。もう大丈夫だよ」

「ええ、そうみたいね。アキトちゃんは笑ってる顔が一番良いんだから！　もし、また悩みができたらお婆ちゃんに言いなさい。いつでも相談に乗ってあげるわよ。またアリウスの面白い過去を話してあげるわ」

「うん！　……って、まだ父さんはやらかしてるの!?」

「あの子がたった一年間で作り上げた黒歴史は、それはそれは……ちょっと話したくらいじゃ尽きないわ」

婆ちゃんは笑いながらそう言い、部屋から出ていった。

婆ちゃんがいなくなった後、俺はベッドに再び横になって目を瞑《つむ》った。それから【図書館ＥＸ】を使って、精神世界へ移動する。

【図書館ＥＸ】の〝図書館に行く事ができる〟という説明を読んでも、最初は意味が分からなかった。

父さん達と庭で遊んでる時に誤って使用してしまい、その場で倒れてしまった事がある。

このスキルは、説明文通りに図書館へ行く事ができるのだが、ただしそこに入れるのは、精神体だけ。実体は活動停止となるのだ。停止といっても、傍目《はため》には寝ているようにしか見えない。

ともかくそんなわけで、ベッドの上でしかこのスキルを使わないようにしている。

「今日は雷魔法について調べるか……」

俺はそう呟き、膨大な本の中から〝雷魔法について〟の本を探して読み始めるのだった。

第5話　学園入学

合否通知が我が家に届いたのは、試験から二日後。

色々とやらかしていたので不合格になってないか心配だったが、中身を確認した父さんは言った。

「おめでとう、アキト」

紙には合格と書いてあり、俺は晴れて学園に入学する事が決まった。


その数日後、初めての登園である。

五歳児の入学者なんて今までいなかったらしい。

そんなわけで特注で作られた制服に袖を通した俺は、アミリス姉さん、エリク兄さん、父さんと一緒に学園に向かった。

「でも、まさかアキトちゃんと同じクラスになるとは、お姉ちゃん思わなかったよ。学園でも一緒に過ごせるね！」

「ズルいよ。アミリスだけ……僕もアキトと同じクラスで一緒に勉強したかったよ……」

「エリク兄さん、そんなに落ち込まないでよ。ほら、昼食は一緒に食べられるように食堂に集まってさ」

「あ、アキト〜」

学園長の計らいなのか、数十クラスもあるのに俺とアミリス姉さんは同じクラスになった。

エリク兄さんはそもそも学年が違うから、一緒のクラスになれるはずもないんだけど、悔しがっていた。

学園に着いた俺はアミリス姉さんとエリク兄さんと別れて、父さんと一緒に学園長の所に向かった。

「それじゃアキト、行こうか」

「はい」

特別試験入学者は学園について説明を受けた後、クラスに行くのだが、王族である俺は学園長直々に説明されるらしい。

まあ、アレだろうな。下手に他の先生に任せるより、学園長が相手した方が良いと考えられたんだろう。

学園長室に着き、父さんが部屋の扉をノックした。

「マリー先生、入りますよ」

「ええ、どうぞ」

学園長の返事があったので、俺と父さんは中に入った。

「アリウス様、アキト様。数日振りですね。そして、アキト様、ご入学おめでとうございます」

「ありがとうございます。あれだけの事をしでかしたのに、入学を認めていただき感謝しています」

「ふふ、逆にあれだけの事をした入学希望者を、拒否なんてできませんよ。アリウス様、アキト様の筆記テストの結果はご覧になりました？」

「いえ。合格通知が届いてすぐに我が家では宴を行いましたので……」

そうなんだよな。合格と分かるやいなや、父さんは宴の準備を始めたのだ。

というか、始めていた。

事前に果物や食材を大量に準備していて、爺ちゃんにも極上の肉である竜を狩ってくるようにお願いしてあったらしい。

そんなわけで合格通知を受け取った後、夜遅くまで城で宴が行われ、ちゃんと結果を見てなかったんだよね。

学園長が父さんに向かって言う。

「アキト様、筆記テストで満点ですよ」

「えっ？　ほ、本当ですか、マリー先生⁉」

「私が嘘を言って何になるんですか。学園の全先生が驚きましたよ。まさか、入学テストで満点合格者が現れるなんてと」

学園長から俺が満点合格者と聞くと、父さんは目を大きく見開いていた。

あれ、そんなにびっくりする事なのかな？　いや、でもそうか。入学テストで満点取る学生とか、前世でもそういなかっただろうし。

父さんが真剣な眼差しで尋ねてくる。

「……アキト、自分がどんな凄い事をしたのか、理解してるかい？」

「えっ？　いやまあ、確かにテストで満点取るのは凄い事だと分かりますけど、入学テストですから、レベルも低いやつだったんでしょ？」

「あのテストはな、〝学園が教える全て〟を詰め込んであるんだ。１００点満点中20点以上で合格扱いなんだよ」

「……」

えっ、嘘だろ？　イヤイヤ、嘘でしょ⁉

「その顔だと、アキトにとってあのテストは簡単だったんだね」

「えっ、あっ……はい。歴史は暗記すれば良かっただけだし、他の教科も簡単で……」

「……私はあのテストで、21点しか取れなかったんだよ」

突然、父さんがそうカミングアウトすると、学園長は首を横に振って続く。

「違いますね。王族なのに落ちたらまずいと思い、私どもが付け足した点数で、です。実際は、17点しかありませんでしたよ」

「えっ？」

まさかここに来て、黒歴史を暴露された父さん。本人はその事を全く知らなかったみたいで、驚いた顔をしている。

固まってしまった父さんを横目に、学園長が俺に向かって言う。

「まあ昔の事はもう良いですよ。それよりアキト様ですよ。アキト様、どうしますか？　既に学園で教えられる事はないに等しいですが、それでも学園に通いますか？」

「えっ……そうですね。俺としては、友達を作って、仲良く学園生活を送ってみたいので。勉強を頑張らなくていい分、他の事に時間を割きたいと思います」

「……流石、アキト様ですね。アキト様が学園生活を楽しく送れるよう、私も応援しておりますね」

その後、学園長から学園について色々と聞いた。「教室に案内します」と言われ、学園長の後ろを緊張しながらついて行く。

これから一緒に勉強するクラスメイト達が待っている。

俺は、教室の前で深呼吸した。

先に学園長が入り、数秒遅れて俺も教室に入っていった――

◇　◇　◇

俺が学園に入学して一週間経った。夏前の期末テストが終わった時期で、もうすぐ夏休みに入ろうとしている。

「もう夏休みなんだ。折角入学したのに……」

「あはは。アキト君、残念だったね～。でもほら、夏休みは六十日くらいあるし、休み中に王都に残る人達と交流する良い機会になると思うよ？　それに本もたくさん読めるからね」

「あ～、成程。そう捉えるのもアリだね、ルーク君」

俺を慰めてくれたのは、クラスの中でも大人しめな男の子、ルーク・デュレン。初めてできた、俺の友達だ。

歳は十歳で、俺と同じ趣味を持っている。つまり本好きで、色んな本の勧め合いをしたりしているのだ。

勿論、他のクラスメイトとも話す機会はある。だが、俺が五歳も年下というのと、入学テストで満点合格者というので、少し距離を置かれている。

普通に接してくれるのは、ルーク君だけなのだ。

「アキトちゃん、ま～た顔が暗くなってるよ～」

交友関係が広められず落ち込んでいると、アミリス姉さんが俺のもとへやって来て、俺の頬をツンツンとしてきた。

ルーク君が微笑ましげに言う。

「アミリスさんとアキト君は本当に仲良しだね～」

「えへへ、仲良しだって～」

アミリス姉さん、家でも学園でも俺と一緒というのが本当に嬉しいらしい。四六時中こんな感じで、今までよりも俺に構うようになった。まあ、それが悪いというわけでもないから別にいいんだけどさ。

「そういえば、ルーク君。前に俺が話してた悪魔に魅入られた女性の物語の本、父さんに聞いたら貸してもいいって言われたから、持ってきたよ」

「えっ、本当に⁉」

ルーク君、めっちゃ目をキラキラさせてるな～。

俺はバッグから一冊の本を取り出して、ルーク君に渡した。

ルーク君は、本であればなんでもいける人だ。それでもしいて言うなら、〝禁断の恋〟を扱った物語が一番好きらしい。

「悪魔と人間か～。想像しただけでも、凄そうな物語だね～」

「ネタバレになるから言えないけど、良作だったという事だけ伝えておくよ」

「アキト君がそう言うなら、期待できるね！」

ルーク君はそう口にすると、本を大事そうにバッグに入れる。

そこへ、アミリス姉さんが会話に参加してくる。

「アキトちゃん、私も仲間に入れて～」

その後、アミリス姉さんも知っている物語の話をしたのだった。

昼食は、エリク兄さんと一緒に食べるために食堂に向かった。

食堂に着いた俺とアミリス姉さんが、先に食事を用意して待っていると、五分くらい経ってからエリク兄さんがやって来た。

「ごめんね。アキト、アミリス。先生に呼ばれて遅れちゃったよ」

「大丈夫。まだ食べ始めてないから」

「急いで持ってくるね！」

エリク兄さんはピューと走り去っていき、焼肉定食を持って戻ってきた。

この世界には、俺と同じような日本出身の転生者がいたみたいで、日本でも馴染み深い料理が結構食べられたりする。

俺は、二人に向かって料理の感想を口にする。

「城の料理も美味しいけど、食堂のも美味しいよね」

「そうだね。僕は特にこの焼肉定食が好きかな。ただ肉を焼いて白米で食べるだけだけど、最高だよね」

「私は、素うどんかな。麺本来の味が楽しめて美味しいよ」

エリク兄さんとアミリス姉さんは、食堂の料理を絶賛していた。

ちなみに俺が食べているのは、とんこつラーメン。俺はそれを食べながら「ラーメンも美味しいよね～」と呟く。

エリク兄さんが尋ねてくる。

「アキト、友達はできたの？」

「できたよ。同じクラスのルーク君って言って、俺と同じ趣味を持っていたから、すぐに打ち解けられたんだ」

「それは良かったね。アミリスも友達はできたかい？」

「うん、私は入学式で一緒だった子とそのまま仲は続いてるよ～。アキトちゃんに友達ができなかったら、私のグループに誘おうと思ってたけど、二日目にはもうルーク君と話してたから、見守る事にしたんだ」

「そうなんだね。それは良かったよ」

エリク兄さん、俺達の交友関係が心配だったのか、ホッとしていた。

その後、エリク兄さんと別れて教室に戻った。


教室で昼食を食べていたルーク君が戻ってきた俺に気が付き、別のクラスの読書好きの仲間を紹介してくれた。

ルーク君の友人はリク君と言って、〝冒険者系〟の話が好きらしい。

この辺では珍しい綺麗な黒目に赤い髪をした犬系獣人のリク君は、俺とも友人になってくれると言ってくれた。

それから昼休みが終わるまで、ルーク君とリク君の三人で好きな本の話を続けた。

「――最近、学園近くに不審者が現れたという情報がありますので、気を付けて帰宅してください」

六限目が終わり、ホームルームで担任の先生が話し終えた。

クラスメイト達が、我先にと教室から出ていく。

十歳といえば遊びたい盛りだ。家に直行するのではなく、広い敷地を持つ学園で日が落ちるまで遊ぶのだ。

そんなクラスメイトを眺めていると、ルーク君が話しかけてきた。

「アキト君、今日の授業、全部分かった？」

「うん、分かったよ。ルーク君はどう？」

「ん～、ちょっと数学が心配かな？」

「良ければ、俺が教えようか？」

「いいの!?」

ルーク君、最初から教えてもらうのが目的だったな。ルーク君はバッグからノートとペンを取り出すと、俺の前の席に座った。

そこへ、友人に「ばいば～い」と言って帰ろうとしていたアミリス姉さんがやって来る。

「あれ、アキトちゃん帰らないの？」

「うん、ルーク君に数学を教えてって言われたから。アミリス姉さんはもう帰るの？」

「ん～……なら、私もアキトちゃんに教えてもらおうかな」

アミリス姉さんは、俺とルークを交互に見てそう言った。そして俺の隣の席に座ると、ノートとペンを取り出した。

ルーク君がアミリス姉さんに尋ねる。

「失礼かもしれないけど、アミリスさんはアキト君に勉強を習うのに抵抗とかないの？」

「ん～、最初はあったよ。お姉ちゃんだしね。アキトちゃんに負けられないって頑張ってたけど、いつの間にかアキトちゃんに勉強も魔法も教わってて、あれれ？　ってなってたの。アキトちゃんが凄いからって、今はどうとも思ってないよ」

「そうなんだ。本当にアミリスさんとアキト君は仲が良いんだね」

ルーク君の言葉に、アミリス姉さんは嬉しそうに「うん」と返事をした。

「はいはい、二人ともお喋《しゃべ》りはそこまで。勉強を始めるよ～」

「「は～い」」

その後、いつもは図書委員会の仕事のため一人で帰っているエリク兄さんが、俺とアミリス姉さんが残っていると聞いてやって来るまで、俺は二人の勉強を見てあげた。

◇　◇　◇

「ふ～、今日も疲れた～」

俺はお風呂に入りながらそう声を漏らす。

父さんがお風呂好きな人で良かったよ。

お風呂といえば、異世界転生物で求められがちな施設の定番だ。けれど、こんな立派な物を作ってるなんてね。

なお、このお風呂は大人が十人くらい入っても余裕な程スペースがあった。

「しかし、学園に入学して一ヵ月も経たずに夏休みに入るとは……誤算だった」

できた友人は同じクラスのルーク君に、ルーク君の友人のリク君だけだ。

流石に五歳児と友達になろうと思う人は少ないよな。

「はぁ～、やっぱり五歳で入学するのは早すぎたかな？　でも早めに学園生活をして、友達を作って色んな事をしたかったし」

一緒に新しい魔法を作ったり、一緒に勉強したり、休みの日は一緒に何処かに出かけたり、家に呼んでバーベキューしたり……

学園に入る前、友達をたくさん作って色んな事をしたい、と考えていた。でも、第一段階の〝友達作り〟で立ち止まっている。

　すると、父さんが浴室に入ってくる。

「あれ？　アキト、まだ入ってたのかい？　本当にアキトは風呂好きだね」

「うん、お風呂は大好きだよ。父さんは仕事終わったの？」

「今日の分はね。ほんと、毎日毎日書類仕事が届いて、王様も楽じゃないよ」

　父さんは首をコキッコキッと鳴らし、体を洗ってから、湯船に入ってきた。

「それで、アキト。何に悩んでるの？」

「えっ？」

「父親だから分かるんだよ……と、言いたいところだけど、アキトの声が脱衣所まで聞こえてきてね。全部は聞こえなかったけど、何かに悩んでる感じだったから」

「そういう事ね。実は──」

　それから俺は、友達ができないという悩みを伝えた。

　父さんは「う～ん」と唸《うな》ってしばらく考え、ポンッと手を叩いて晴れやかな笑みを浮かべた。

「そんなに気にする事じゃないよ。友達は自然とできるから」

「……やっぱり、婆ちゃんに話せば良かったな」

　父さんの反応があまりに軽々しかったのでがっかりしていると、父さんは慌て出す。

「あ～、ごめんごめん！　でもほら、アキトは学園に入ったばかりだろ？　まだまだ時間はあるんだから、そのうちたくさん友達はできるよ」

「でも……」

「父さんは入学して一年間、心を許せる友達なんて一人もできなかったんだから、アキトはまだいい方だよ。歳の差がある中、友達を二人も作ったんだ。誇っていいんだよ」

父さん、良い事は言ってるけど、若干涙目になってるよ……

「そうだね。父さんよりはマシだよね」

「そうそう。それに、アキトにはアミリスとエリクがいるだろう？　あの子達はアキトのためなら何でもするからね。本当に困ったら頼ったらいいさ」

そうだ、俺には優しい姉と兄がいるんだ。

アミリス姉さんもエリク兄さんも、俺が頼ったら友達作りだってすぐに協力してくれるだろう。

俺は湯船から上がると、「父さん、ありがとう」と言って風呂場から出ていった。

第6話　貴族の娘

父さんに悩みを相談してから、二週間経った。

そして、学生みんなが待ち望んでいた期間、〝夏休み〟に突入する事になったんだけど、まあ、それは俺にとっては嬉しい事ではないわけで――


「アキト君、完全に落ち込んでるね……」

「リク君、こういう時のアキト君はそっとしておくのがベストだよ。この前、他のクラスの人に話しかけて無視された際も、こんな感じになっていたから」

夏休み前の最終日。俺は、ルーク君とリク君以外の友人を最後まで作れなかった事に改めて気付き、ちょっと打ちひしがれていた。

別にルーク君達が嫌なわけではない。だが、こうも友達ができないと落ち込みもするのだ。

俺は二人に向かってお願いする。

「ルーク君、リク君。夏休み、俺と遊んでくれる？」

「僕は全然いいよ。むしろ、アキト君と遊びたいと思ってたし」

「ボ、ボクもいいよ」

「ありがとう。本当に、ありがとう……」

「わ～、アキト君泣かないでよ！　アミリスさん、アキト君が相当重症だよ！」

父さんから、エリク兄さんとアミリス姉さんを頼ったらいいと言われたけれど、一人で頑張ってみようと思ったのだ……

でも、結局友達はできなかった。

ルーク君の胸で悔し涙を流した俺は、二学期はアミリス姉さんとエリク兄さんに力を貸してもらおうと心に誓った。

◇　◇　◇

「というわけで、夏休みに入りました。早めに宿題を終わらすために集まってもらったけど、今何処まで終わってる？」

前世の世界でもそうだったが、長期の休みには宿題が配られる。まあでも、一学年の半年目なので難しい課題はない感じだ。

「僕は歴史は終わらせられたけど、他は全く」

「ボクは全教科少しずつ手をつけたくらいだね」

「私も、リク君と同じくらいかな？」

ルーク君、リク君、アミリス姉さんの順番に言った。

うん、みんな夏休み前に宿題を終わらすようなタイプではないと思っていたけど、結構残してるね。ちなみに、俺は「どのくらいかな～」と試しでやっているつもりが、いつの間にか全部解いてしまった。

残った宿題は〝思い出日記〟という、夏休みの六十日間で印象に残った出来事を書くだけだ。

俺は三人に告げる。

「とりあえず歴史から始めるよ。ルーク君も歴史は得意だから、教える側ね」

「うん、分かった」

こうして俺達は、夏休み初日の朝から宿題を始めた。

勿論、エリク兄さんも誘ったのだが……「宿題はちょっと……」と言って断り、何処かに消えてしまった。

エリク兄さん、こういうのを残しておくと後で痛い目を見るよ。

集中して勉強に取り組むみんなを見て、やっぱり勉強会って良いものだなと感じた。時折休憩を挟みつつ、気付けば日が暮れていた。

俺はルーク君とリク君に尋ねる。

「二人は、今日泊まっていけるんだよね？」

「うん、大丈夫だよ。お母さんに話したら〝ちゃんと勉強してくるのよ！〟って言われて出てきたから」

「ボクも同じだね。〝学園に入って最初に苦労するのが宿題〟ってお父さんが言ってて、〝初日から宿題にやる気を見せて凄いぞ〟って褒められたし」

それから勉強道具を片付けた俺達は、王城の食堂に移動して夕食を食べた。食後は、一緒に風呂に入る事になった。


「……リク君って本当に男だったんだね」

「アキト君もやっぱりそれ疑問に思ってた？」

「もう！　二人とも、そんなにボクの事ジロジロ見ないでよ！」

全員裸になって風呂場に入り、体を洗って湯船に浸《つ》かっていた時、ふと横にいたリク君の体を見て、俺とルーク君は同じような事を言った。

リク君の顔は中性的で、一人称は〝ボク〟。

俺とルーク君の間で「もしかして、リク君って女じゃないのかな？」って考えていたのだ。

「う～……」

「ごめん。リク君」

「ごめんね。リク君」

俺とルーク君の言葉に涙目になって、何かを訴えるような表情をするリク君。俺とルーク君は、リク君に誠心誠意謝罪をした。

「もういいよ」

何とか許しを得たので、再び湯船を満喫し、俺達は今日一日の疲れが飛んでいく感覚を味わった。

ルーク君とリク君が話しかけてくる。

「それにしても、アキト君って本当に頭いいよね。五歳児だとは思えないよ。僕が五歳の頃は、外で泥団子とか作って遊んでいたよ」

「ボクもお姉ちゃん達と一緒に遊んでばかりいたよ。アキト君、本当に凄いよね」

「俺はアレだよ。子供の頃から本が好きで、ずっと読んでて人より少し早く勉強してたんだよ。城って色んな本を置いてあるからね」

実際、俺は外で体を動かすよりも、城の図書館で本を探しては読み、一日を過ごしていた。ルーク君が感心したように言う。

「僕が本の素晴らしさに気付いたのは一年くらい前だから、アキト君は僕より凄い量を読んでるね」

「ボクは最近読み始めたばかりだから、アキト君もルーク君もボクからしたら凄いよ」

二人から褒められ、俺は満更でもない気分だった。

「明日、俺のおすすめの本を紹介するよ」

俺がそう言うと、二人は嬉しそうにしてくれた。

◇　◇　◇

夏休み――それは多くの生徒達が待ち望んでいた素晴らしい期間。

一年生であれば、新しくできた友人と遊んで楽しむ。二年三年であれば、クラブ活動に本格的に精を出す。最高学年の五年であれば、将来に向けて頑張るのも良いだろう。

そんな素晴らしい夏休みを迎えたというのに――俺は、昼が過ぎてもベッドから出ていない。

「ルーク君もリク君も旅行に出かけて、遊ぶ相手がいない……」

折角できた、たった二人の友人であるルーク君とリク君。

二日目までは一緒に過ごせていた。

しかし、ルーク君は母方の実家に泊りに行くのが毎年の恒例行事らしく旅行に行ってしまった。

リク君の方は、王都から少し離れた所にある獣人族の里に里帰りしている。

「はぁ～……」

盛大にため息を吐いた俺。

この時間まで寝ていて流石に体が怠《だる》くなってきたので、寝間着《ねまき》から着替えて図書館に移動した。


「え～と、何処まで読んでいたっけな……」

途中まで読んでいた本を思い出して探す。

図書館を歩いていると、真っ白い髪に赤い瞳をした女の子が周囲を見回してオロオロしているのを発見した。

「君、どうしたの？」

「ひゃい！」

「へっ？」

声かけただけで縮こまったぞ？　人見知りなのか？

俺はビクビクとしている女の子に、優しく「大丈夫？」と声をかける。

女の子はスーッとゆっくり顔を上げると、「ご、ごめんなさい……」と言って再び顔を伏せた。

随分と怯えているらしい。

「急に声をかけちゃってごめんね。君は何でここにいるの？」

「あっ、お父様と一緒にお城に来たけど、王様とお父様のお話が退屈で……部屋から抜け出しちゃって……」

「あ〜、成程。それで迷って図書館に……お父さんの所に帰りたいんだよね？」

「うん……」

女の子は目元に涙を溜めながらコクリと頷いた。

俺が手を差し出して「送ってあげるよ」と言うと、女の子は俺の手をゆっくりと握ってくれた。

こうして俺達は父さんの所へ向かった。

確か、今日は来客があるから執務室に近づかないようにって言ってたな……

そして執務室に着いた俺は、扉をノックする。

中から父さんの声が聞こえ、扉を開けて中に入る。

そこには、父さんと黒髪黒目の大柄の男性がいて、オロオロしていた。その男性が俺の後ろにいた女の子を目にして大きな声を上げる。

「アリスッ！　何処に行っていたんだ！　心配したんだぞ！」

「お父様！」

男性が女の子に近づいて抱きしめると、女の子の方も抱きついた。

俺が「親子かな？」と思っていると、父さんは「アキト、よくやったね」と小さい声で言ってグッと親指を上げた。

女の子と男性が落ち着いたところで、俺は「この人達は？」と父さんに尋ねた。

「アキトは会うのは初めてだったね。彼は、私の学友、将軍兼ルーフェリア侯爵家の当主、リベルト・フォン・ルーフェリアだ。リベルト、この子は私の息子のアキトだ。見た事あるだろう？」

「ああ。アリウスがいつも〝凄いんだぞ！〟と言っている子だろ？　ありがとうな、アキト君。娘を見つけてくれて」

リベルトと紹介された男性は、俺に頭を下げた。

父さんが更にリベルトさんについて説明してくれる。

「アキト、リベルトは敬語が苦手でね、公の場以外はこんな感じでフランクなんだ。許してあげてね」

「すまないな。むさ苦しい男どもに囲まれた生活が長くて、どうしても敬語とかそういったのが苦手でな」

「俺は別に気にしませんよ。それで、そんな将軍様と娘さんがどうしてここにいるんですか？」

兵関係の事なら娘はいらないだろうし。

俺の疑問に父さんが答える。

「アキトの友達として、アリスちゃんを連れてきてもらったんだよ」

「へ？　友達？」

「アリスちゃん、アキトと同じ五歳なんだけど、侯爵家の子だから周りが畏縮《いしゅく》しちゃってね。アキトと同じで、友達が欲しいけど作れないって悩んでいるんだ。リベルトからそれを聞かされ、それじゃあ、アキトに紹介しようって思ってね。今日、連れてきてもらったんだよ」

父さんはニコニコと凄く良い笑顔で言った。俺が視線をずらすと、リベルトさんの横で縮こまっていたアリスと目が合う。

しかし、すぐにサッと逸らされてしまった。いや、友達は欲しいけど無理やりというのは……

リベルトさんが尋ねてくる。

「娘は人見知りするタイプなんだが、どうかなアキト君？」

「えっ、俺も友達は欲しいですけど……えっと、アリス、さん？　の気持ちも聞かないと」

リベルトさんが、後ろに隠れていたアリスに「アキト君と友達になりたいか？」と聞くと、アリスは恐る恐るコクリと頷いた。

あ、可愛いな……

それから、父親達のお節介《せっかい》により友達になった俺とアリスは、お互いに何も知らないので、俺の部屋で自己紹介し合う事になった。

「えっと、まず俺からいくよ？　名前はアキト。知っていると思うけど、上に姉と兄がいて、兄弟仲は良い方だよ。得意な事は一応魔法かな？　趣味は読書だね」

「あ、アリスです。上に二人兄がいます。と、得意な事は特にないです……趣味は、編み物です」

完全に緊張しているアリスは、ぎこちなく自分の事を話した。

まあ、いきなり仲良くしてねと言われても無理だろうな。

「へぇ～、編み物するんだね。どんな物を作ってるの？」

「えっと、まだ始めたばかりで……この前、お父様のためにマフラーを編んだよ」

「おお、マフラー編めるんだ！　凄いね！」

「そ、そうかな？　えへへ」

よし、何とか褒めるポイントを見つけた。五歳で編み物ができるなんて凄すぎるけど、ともかくこれで緊張が解《ほぐ》れたな。

その後も俺は、あの手この手でアリスの事を褒め続けた。段々と笑顔が出てきたアリスから、緊張感は消えていった。しばらくすると、「この前お兄様が――」と普通に話してくれるようになった。

「アキト君、お父様から聞いていたのですが、学園に通ってるんですか？」

「うん、一ヵ月くらい前からね。父さんに勧められて、試験に受かったから行ってるよ」

「凄いですね、まだ私と同じ五歳なのに……」

「そうでもないよ。昔から本が好きで知識があったんだよ。魔法も爺ちゃん譲りの魔法の力があったんだ」

「アキト君のお爺ちゃんって、確かリオン様ですよね……それでしたら誰でも納得しますね」

アリスはクスッと笑った。

アリスは魔法の事をたくさん聞きたがったので、どうせなら見せた方が良いと思い、以前、隠れて魔法の練習をしていた裏庭へ移動して、火球、水球の魔法を見せてあげた。


アリスとリベルトさんが帰宅した後、図書館で読書をしている僕のもとに、父さんがやって来た。

「どうだった、アキト。アリスちゃんとは仲良くなれたかい？」

めっちゃ、ニヤニヤしてるけど……

「うん、最初は警戒されてたけど、会話を続けてたら大分慣れてくれたよ。次、城に来る時も遊ぶ約束もしたし」

「そうなんだね。良かったよ」

「ありがとう、父さん。俺のために」

「子供が悩んでいたら、解決してあげるのが親の役目だからね」

父さんはそう言うと、胸を張って〝エッヘン〟といった感じのポーズを取った。

突然、父さんが閃《ひらめ》いたように言う。

「あっ、それとアキト、話は変わるんだけど……」

「んっ、何？」

「アキトの数学は、既に学園卒業レベル以上だってマリー先生が言っていたでしょ？　ちょっと、父さんの仕事のお手伝いをしてくれないかな？」

……はい？

いや、子供に何を頼んでるのか分かってる⁉

「父さんの仕事っていうことは国に関わる事だよね。俺、五歳児だよ？」

「いや、うん。それは知ってるよ。ただ、ちょっと仕事が溜まっていてさ。大臣には別の仕事を頼んでいるし、エレミアに頼むとお仕置きされるんだ。どうしても無理なら、エレミアに言ってお仕置きされたうえで手伝ってもらうけど……」

そんなに涙目で訴えかけられたら、断るにも断れないでしょ。

というか、五歳児に国の仕事を任せるとか、この王様大丈夫なのかな？

「父さん、俺の年齢をよ〜く考えてみてよ」

「そこは分かってるよ？　でも、学園卒業レベル以上って事は、父さんより数学ができるって事なんだ。父さん、卒業する少し前のテストで、ギリギリ赤点回避したくらいだから……」

「それを平気で言える父さんが凄いよ……」

「だって、アキトにはもう色々バレてるし？　エリクやアミリスにバレたら恥ずかしいけど、アキトには隠す必要がないからね」

父さんも真顔でそう言われ、俺はしばらく考えた。

仕方ないし、やってあげるか。

「とりあえず、その書類を一度見せてもらって考えるよ」

俺は、父さんと一緒に執務室へ向かった。そして、父さんから書類を渡されて確認してみると——やっぱり俺でもできるレベルだった。

まあ、前世の俺だったら無理だった。

だが、【図書館ＥＸ】でこちらの世界で使えそうな簿記《ぼき》などを勉強していたから、問題なくできそうだと感じた。

「……おこづかいアップと給料」

「ありがとう、アキト！　おこづかいはエレミアに相談する事になるけど、給料の方は私のポケットマネーから出すよ！」

パァッと笑顔になる父さん。

早速俺は書類を手に取り、仕事を始めた。

まさかこの歳で働く事になるとは思いもしなかったな……

第7話　アリス

夏休みの宿題が終わり、後は楽しい事だけが残っていると思いきや——

ルーク君は旅行、リク君は里帰りし、アリスも顔合わせ以来来ていない。そんなわけで俺は、執務室で父さんの仕事の手伝いを続けていた。

「ねえ、そろそろ一つ言ってもいい、父さん？」

「何かなアキト？　あっ、これもお願い」

「……いやさ、最初は受けたけどさ、それからずっと俺に仕事を押しつけてない？」

俺の仕事ぶりが良いと気が付いた父さんは、母さんにバレないように俺に仕事を押しつけ続けていた。

アミリス姉さんとエリク兄さんが俺を探しに来ると、父さんは——

「アキトに勉強を教えてるんだよ～」

そう言って追い出し、俺は働かされていた。

それもこれも、この世界の会計レベルが低いせいだよ。いやさ、学園の数学レベルの低さが分かっていたから、それも薄々勘づいてはいたけどさ。

「だって、アキトがやってくれると、父さんが作ったのより見やすくて綺麗でしょ。ウォルブも褒めてたよ」

「確かにウォルブさんも言ってたけど……」

父さんの仕事を実は俺がやっているという事は、基本的には秘匿《ひとく》されている。知っているのは、この国の大臣でもあるウォルブさんだけだ。

ウォルブさん、最初俺が仕事をやっていると聞いた時は必死で止めてきたのに、俺が作成した書類を見た後はニコッニコで――

「アキト様、今後もお願いします」

いや、俺は五歳児だよ!?　お願いしますっておかしいから!

「はぁ……夏休みなのにな……」

「そう言ってもやってくれるアキトが、息子で本当に良かったよ」

俺が書類に目を通しながら愚痴《ぐち》を言っても、父さんはニコニコと笑うばかりだった。

そんな、子供の夏休みの過ごし方とは思えない日々を送り、夏休みに入って二週間が経ったある日。

俺は、アリスに勉強を教えていた。

やっと、アリスが来てくれるようになって、俺も何だか嬉しい。

「アリスって勉強できるんだな」

「そ、そう？　アキト君から貸してもらってる本を読んでるからかな？」

「それだけではこうならないと思うよ？」

よくアリスから「本を貸して」と言われるので、子供でも読める本を貸していた。それにしてもこの学習スピード、ちょっと速いとかいうレベルじゃない。

俺としても教え甲斐があるので、アリスが来る日は嬉しくて、父さんの仕事は無理やり断っている。

友達に勉強を教えるか、父親の仕事を手伝うかの二択を迫られたら、やっぱり友達を取ってしまうよね。

ちなみに、父さんの仕事を手伝うようになって、俺の貯金は大分貯まった。きっと数年は何もしなくても暮らせるくらいあると思う。

「アリス、そこは違うよ。こっちの公式を――」

そんなふうに、図書館で勉強していると、扉が開いて誰かが入ってきた。

リオン爺ちゃんだ。

「真面目にやっているようじゃな、アキト、アリス」

「久しぶり、爺ちゃん」

「お久しぶりです。リオンお爺様」

俺とアリスが挨拶をすると、爺ちゃんは笑顔で俺達の近くに寄ってきた。

「儂の方の用事は終わったから、前に言ってた約束を果たせるぞ」

約束――それは、アリスに魔法を教えるというものだ。

アリスが俺の魔法を見て、自分も魔法が使いたいと言ったのが発端《ほったん》で、魔法を教える先生として爺ちゃんに頼もうとなったわけである。

多忙なはずなのに、こうして時間を作ってくれる爺ちゃんは本当に優しいと思う。

「アキト。儂の場合、攻撃魔法になるのじゃが、それでも良いのか？」

「うん。コントロールのやり方は俺が教えてるから、爺ちゃんは攻撃魔法を教えてあげてほしいんだ」

「よ、よろしくお願いします。リオンお爺様！」

「うむ、分かった。それじゃ、場所を移動するかのう。アキト、アリス、儂に掴まるのじゃ」

俺とアリスは急いで勉強道具を片付けて、爺ちゃんに掴まった。

そして転移魔法で、以前から俺が魔法を教わる際に使っている山へやって来た。

「まずはアリスの実力を見せてほしいのじゃ」

「わ、分かりました！」

大きな声で返事をしているが……アリス、爺ちゃんに魔法を教えてもらえるからって、少し緊張してるな。

このままだと、いつもの実力が出せないだろう。そう思った俺は、アリスが魔法を使う前に緊張を解《ほぐ》してやる事にした。

「アリス、ちょっとこっちに来て」

「えっ、どうしたのアキト君？」

振り向いたアリスの頬を、俺は両手でぷにゅ～と押す。

すると、アリスは「にゃ、にゃにするの!?」と驚いた反応をしたけど、肩の力は抜けたみたいだ。

これでいつもの実力が出せるはず。

「爺ちゃんの前だからって緊張してただろ？　それを解《ほぐ》してやろうと思ってね。ほら、さっきまでより気が楽だろ？」

「そ、そうだけど、逆に心臓がバクバクしてるよ……」

アリスは顔を赤く染めて言う。

アリスはその場で呆然としていたので、爺ちゃんから指摘される。

「何をやっているんじゃ？」

「あっ、ごめんさない！」

爺ちゃんに謝罪をしたアリスは、それから爺ちゃんに言われた通りに魔法の詠唱を始めるのだった。

◇　◇　◇

そして、二日後。俺はアリスの力に驚く事となった。

「……マジか」

目の前で起こっている現実に対して、俺の口からはその言葉しか出なかった。

アリスの魔法の訓練は一週間かけて、基礎ができるようになればと思っていた。しかし、現実は誰もが驚く結果となった。

俺は爺ちゃんに尋ねる。

「爺ちゃん、アリスって普通の五歳児かな？」

「……アキトには負けるが、この子も天才のようじゃ」

「ハハハ……」

俺は乾いた笑い声を出していた。

俺が魔法を使えるのは、転生ガチャで特典を引き当てたからだ。アリスも転生者なのかと思い、【鑑定】でステータスを見たが、普通のステータスだった。まあ、偽装してる可能性もあるが。

爺ちゃんが言う。

「このままいくと、アリスはアキトを超えてもおかしくないじゃろうな。アキト、抜かれんように頑張るんじゃぞ」

「うん、そうだね。誘った俺が下になったら、アリスにもガッカリされるだろうし」

真面目に抜かれそうだから、気を引き締め直さないとヤバい。

その後、俺はアリスと共に魔法の訓練をした。


魔法訓練が終わった翌日。

俺がいつものように仕事をしていると、父さんからアリスの事を聞かれた。俺がアリスの魔法の素質を話すと、父さんは「リベルトとは正反対だね～」と笑った。

「容姿から才能から全て、母親似だね、アリスちゃんは」

「アリスの母親ってどんな人なんですか？」

「困る質問だね……まあ、色々と凄い人だよ、彼女は。父さんよりエレミアのが詳しいから、仕事が片付いたら聞いてみるといいよ」

色々と凄い？

まあ、アリスの素質から見て、母親も相当な魔法の使い手だろうと予想はつくけど、父さんがあそこまで言うって……

俺は仕事中も気になりつつも、いつもより少し遅い時間に仕事を終えた。それからすぐに母さんのもとへ直行する。

「あら、アキトちゃんどうしたの？」

「母さん、アリスの母親ってどんな人なの？　父さんに聞いたら、母さんに聞いた方がいいって言われたんだ」

母さんは編み物をしていた。普段この時間に俺が来る事なんてないから、少し驚いているらしい。

「アリスちゃんの母親？　って、アルマちゃんの事ね。いいわよ」

編み物の手を止めた母さんは「長くなるから、お茶でも淹れてもらいましょうか」と言って、メイドさんを呼んだ。そうしてお茶を用意してから、アリスの母親について話してくれた。

アリスの母親の名前は、アルマ・フォン・ルーフェリア。

現ルーフェリア侯爵家当主の妻であり、その名はこの国中に知れ渡っているという。まあ、子供の俺は知らなかったけど。

アリス同様、純白の髪に赤い瞳をしており、その容姿から〝白薔薇姫《しろばらひめ》〟と呼ばれているらしい。

「何だかカッコいい名前で呼ばれている人だったんですね」

「そうよ。でも、アルマちゃんは気に入ってなかったのよね。私と同い年で学園でもずっと一緒のクラスだったから、たまにその名前でからかっていたのよ。アルマちゃん、ぷ～って顔を膨らませて可愛かったわ～」

母さんは当時を思い出したのか、「今度またからかってみようかしら」と言った。

そんな白薔薇姫、幼い頃からとある男の子と一緒に過ごしており、それがリベルトさんだったようだ。

親同士ではなく、当人同士が子供の頃から結婚しようという想いを伝えていたらしいんだけど……

あれ、こんな感じの話、何処かで聞いたな。

「もしかしてだけど、母さんとアルマさん達って、親交あった？」

「そう。子供の頃からの付き合いよ。それで、私はアリウスと、アルマちゃんはリベルトさんと、結婚する約束をしたのよ。リベルトさんはアルマちゃんとの約束を覚えていたのに、アリウスは完全に忘れていてね……それはもう、骨の髄《ずい》まで当時の事を思い出させてあげたわ……」

ひっ！

か、母さん。黒いオーラが出てるよ！

俺が心の中で叫ぶと、母さんは「あら、いけないわ」と言ってオーラを消した。

「まあ、あれね。アルマちゃんは、昔っから綺麗でおしとやかで、それでいて魔法が凄く上手だったわ。お義父さんがアルマちゃんの才能に気付いた時には、既に上級クラスの魔法を平気な顔で使っていたわよ。当時、まだ八歳くらいの女の子がね」

「成程……アリスの魔法の素質は母親譲りだったのか」

「そう、アリスちゃんはアルマちゃんに似たのね。上の子達は、リベルトさんに似て剣術が得意って聞いていたから、アリスちゃんもそっちかなって思ってたけど」

「うん。爺ちゃんと一緒に魔法の訓練をしたら、あっという間に使いこなしてたよ。昨日は直径十メートルくらい大きい火球を作ってたし」

「あら、それは凄いわね。アルマちゃんでもそのレベルを使えるようになったのは、学園に入学してからだったけど……アリスちゃん、アルマちゃん以上に魔法の素質があるようね。アキトちゃん、負けないように頑張るのよ？」

「うん、分かってる」

その後、母さんは学生時代の事を色々と話したい様子だったので、夕食の時間まで付き合ってあげた。

新たに父さんの黒歴史話を聞き、まだ黒歴史があるのか、と違う意味で父さんを凄いと感じた。

◇　◇　◇

それから数日後。

アリスの訓練終了日に、アリスの母親と兄達が城にやって来た。

アリスの母親は、母さんから聞いていた通り、綺麗な人だった。

一方、兄達は既に兵士としてリベルトさんに鍛えられているだけあって図体《ずうたい》が大きく、アリスやアルマさんとは全く似ていなかった。

アルマさんが声をかけてくる。

「あなたがアキト君かしら？」

「はい、俺がアキトです。アリスのお母さんですか？」

「あら、私の事はもう知ってる感じね」

「母さんから聞きしました。魔法が得意な方だと」

俺がそう言うと、アルマさんは「昔の話よ～」と可愛らしく笑った。俺とアルマさんの会話中、アリスの二人の兄はずっと俺を見ていた。

アルマさんが彼らに声をかける。

「ほら、リゼル、リアン。アキト君に挨拶なさい。あなた達が守る方なのよ？」

「いや、母さんが喋ってたからタイミングを逃してたんだけど……まあ、良いか。初めましてアキト様。長兄のリゼルです」

「初めまして、リアンです」

リベルトさん似の二人は、それぞれ自己紹介するとお辞儀をした。

それも、綺麗に一緒のタイミングだった。

上の兄だと言ったリゼルさんは短髪で、下の兄だと言ったリアンさんは髪を伸ばし後ろで結んでいる。

二人は、顔の形と体格がそっくりだった。

「もしかして、リゼルさん達は双子ですか？」

「気が付きました？　区別してもらえるように、お互いに髪型を変えているんです」

「兄は短いのが好きで、私は長いのが好きだったので、この髪型になりました」

リゼルさんとリアンさんは、互いに笑い合っている。

アリスは人見知りだったが、この二人は全くそんな事ないようだ。

その後、別室にいたアリスが部屋に来て、久しぶりの再会となった。アリスは家族に魔法の訓練が楽しかったと話をしていた。

第8話　暗殺者

夏休みも中盤となり、王都を離れていたルーク君とリク君が戻ってきた。

久しぶりに会った二人から、俺は王都の外の話を聞く。

「いいなあ、俺も何処かに出かけたい」

異世界に来て早五年。

俺は王都から一度も出た事がない。いや、学園に通うほか、城からさえほとんど出た事がなかった。

俺が悲しそうにしていたためか、ルーク君が気遣うように尋ねてくる。

「そういえば、最近の王様は何だか忙しそうだよね」

「うん。父さんは夏休みに入ってからずっと忙しいみたい。だから、旅行に行きたいとか言えないんだよね」

「王様って大変なんだね」

ルーク君、リク君の言う通り、父さんは忙しい。

俺も手伝ってはいるが、夏休みに入ってからの父さんの仕事量は休み前の数倍になっている。最近は、執務室以外で父さんの姿を見なくなっていた。

俺が父さんの仕事を手伝っている事は、今ではみんな知っている。

隠す事さえやめて、作業効率を上げているというわけだ。

エリク兄さん、アミリス姉さんは、父さんの力になれないのを申し訳なく感じているらしく、俺に「父さんを支えてあげて」と言ってくれている。

何となく疲れ気味の俺に、ルーク君が告げる。

「……あっ、そうだ。アキト君、旅行先で珍しい物が売っていたから、お土産《みやげ》に買ってきたんだけど、いる？」

「えっ、お土産？」

俺はすぐに反応した。

ルーク君は、椅子の横に置いていたバッグから紙袋を取り出し、それを俺の前に置いた。俺は嬉しくなって前のめり気味に尋ねる。

「開けてもいい？」

「うん」

ルーク君のおかげで、さっきまでの落ち込んだ気分が霧散《むさん》した。ワクワクして紙袋から取り出したのは——俺の記憶では珍しい物ではなかった。

「……これって、もしかしてトランプってやつじゃない？」

「アキト君、知ってるの？」

あっ、ヤバい！　ルーク君の顔が曇ってしまった。

珍しい物を見せて俺を驚かそうとしていたルーク君の気持ちを察した俺は、すぐに「ほ、本で見たんだ。本物を見るのは初めてだよ」と嬉しそうに振る舞う。

「そうなんだ。やっぱり、アキト君は物知りだね～」

「あははは……」

何とかごまかせたな。

俺は作り笑いでその場を乗りきり、トランプを箱から取り出す。白と赤で装飾された紙は、前の世界で見たトランプそのものだった。

ルーク君が得意げに説明してくれる。

「あっちの国じゃ大人から子供までこれで遊んでて、冒険者も依頼終わりにトランプで夕食を賭けたりしてるんだ」

「凄いね～、大人から子供まで好きになるって」

リク君がそう言うと、ルーク君は「遊び方も教えてもらったよ」と言って〝ババ抜き〟のやり方を説明してくれた。

ババ抜き、トランプ……完全に俺の世界の転生者が作った物だな。

「それじゃ、早速やってみようよ」

「ああ、やってみよう」

「うん」

ルーク君の言葉に、俺、リク君は賛成というふうに反応してババ抜きを始めた。

い、意外とやるなルーク君達……

ルーク君、リク君は、トランプもババ抜きのやり方もさっき知ったばかりのはずなのに、俺と接戦を繰り広げていた。

「やった〜、僕の勝ち〜」

そう言って一位抜けをしたのは、ルーク君だ。

残ったのは、俺とリク君。

いつもはニコニコしているリク君も、今は真剣な表情をしている。リク君は俺の手札からカードを一枚取った。

「わ〜い、揃った。はい、アキト君、最後の一枚だよ」

「くっ……」

リク君が取ったカードは、持っていたカードと同じやつだったようだ。

つまり、一回戦目は俺の敗北。

「も、もう一回やろう……」

俺のその言葉を皮切りに、俺達は本気のババ抜き勝負に身を投じた。

結果として、全二十試合。ルーク君十二勝、リク君七勝、俺は一勝となった。

俺は唇を噛みつつ言う。

「次、遊ぶ時までに鍛えておく……」

「何だか、アキト君の子供っぽいところ、初めて見るよ」

「そうだね。アキト君、負けず嫌いなんだね」

ルーク君、リク君は嬉しそうに笑っていた。

ルーク君達が帰宅した後、夕食後にエリク兄さんとアミリス姉さんを部屋に呼んで、ババ抜きの特訓相手となってもらった。

二人ともババ抜きもトランプ自体も知っていた。かなり昔に流行った事があるらしい。それほど珍しい物でもないのかな。

結果は、エリク兄さんが一位で……俺は最下位だった。


トランプで負け続けた翌日。

少し早起きをして顔を洗いに行くと、父さんとたまたま会った。

「おはよう、父さん」

「おはよう、アキト。昨日はエリク達と楽しそうに遊んでたみたいだけど、何をしてたんだい?」

「ああ、ルーク君からお土産でトランプをもらったから、エリク兄さん達とやっていたんだよ。まあ、俺は弱くて全然勝てなかったけどね」

「そうなんだ……それじゃ、父さんともやらないか?」

父さんもたまには息抜きしたいんだろうな。

俺は「いいよ」と返事をし、俺の部屋に来てもらって、二人でババ抜きを始めた。

「くっ……なかなかやるね。アキト……」

「あっ、うん……」

開始五分、俺は違和感を覚えていた。

もしかして、父さんってババ抜き弱いんじゃ……

対戦は進んでいき、焦りも緊張もなくアッサリと俺が勝利した。

父さんが肩を落として言う。

「……エリク達から、アキトはババ抜きが弱いと聞いていたのに」

おい、こら父親。

俺は消沈する父さんを見つめながら尋ねる。

「父さんってババ抜き弱いの？」

「まあ、うん……学生時代、トランプが流行った時に、毎回負けてたんだよね……」

「成程、それで、自分と同じく弱いと知った俺に対戦を挑んできたと……」

「でも、エレミア達とやった時よりかは善戦できたかな？」

「底辺争いをしても、何の面白みもないけどね」

そう言う俺に対して、父さんは「まあまあ」と言った。

その後、朝食までの間、エリク兄さん、アミリス姉さん、そして母さんも交えて、久しぶりに楽しい時間を過ごした。

◇　◇　◇

「父さん、こっちの書類終わったよ」

「今日のアキトの分は終わりだよ。いつもありがとうね、アキト」

「いいよ。最近の父さんは仕事に追われて大変そうだからね……でも、ちょっと忙しすぎるよね。もしかして何かあったの？」

俺がそう尋ねると、父さんはポリポリと頬を掻いて「エレミア達には内緒だよ？」と言い、そして現在の国の状況を聞かせてくれた。

最近、爺ちゃんも見ないと思っていたけど、夏休みに入って爺ちゃんはこのジルニア王国がある大陸中を飛び回っていたらしい。

理由は――ジルニア王国がとある国と戦争するからだという。

俺は驚き、声を上げる。

「えっ、戦争が始まるの？」

「そうならないように、手を尽くしてるんだよ。リオンお父さんもトカゲ狩りと偽って、大陸のあちこちに出向いて仲間を集めているんだ」

……そういえば、最近もトカゲ狩りしてきたと言っていたが、その顔に満足した様子はなかった。

多分、あの時既に動いていたんだな。

「でもアキト、安心して。絶対に戦争は起こさせないから」

「父さん……」

父さんは椅子から立ち上がり、俺を強く抱きしめながらそう言った。

その後、俺は父さんの部屋から出て自室に戻り、父さんから聞いた話の内容について考え込んでいた。

「戦争か……」

――どうにかしたい。

そんな気持ちが芽生えるが、俺はただの五歳児に過ぎない。

何もできない。できる力もない。

自分の無力さに無性に腹が立ち、俺はベッドの上で目を閉じた。

「ッ！」

その瞬間、全身に殺気を感じ取った。

俺は魔力を周囲に放ち、短距離転移魔法でベッドから数メートル離れた位置に移動する。

「ちっ、避けられたか」

「……お前は？」

「ひゅ～流石。五歳で学園に通っているだけあって、普通の子供じゃないな～」

先程まで俺が寝ていたベッドの上で、短剣を両手に持った黒装束《くろしょうぞく》の女は、口笛を吹きつつ言った。

ああ、なるほど。

――暗殺者か。

目の前にいる人物の容姿、そいつから漂う強い殺気から、俺は自分が置かれている状況を理解した。

戦闘態勢に入った俺に、女はあざ笑うように告げる。

「まあ、五年間でこんなクソみたいな世界から旅立てるんだ。お姉さんに感謝しなよ」

「旅立ちませんよ。そしてお姉さん、おやすみなさいです」

「なッ！」

油断していた暗殺者に向かって再び短距離転移魔法を発動し、俺は女の後頭部に手刀を放った。

暗殺者は膝から崩れ落ちる。

「俺を舐めている相手で良かったよ。強さからしたら、俺より遥かに上だったからな」

【鑑定】を使い暗殺者の能力を見ると、能力値は全て４０００を超えていた。その辺の騎士よりも手練《てだ》れである。

だが、俺は暗殺者に少し感謝した。

こいつ、駒《こま》として活用できるかもな。

目の前で脳震盪《のうしんとう》を起こしている暗殺者の女を、異空間から取り出した拘束具で縛りつける。更に魔法を封じる枷《かせ》も付けて、俺はある場所へ向かった。


暗殺者の女と一緒にやって来た場所――それは、王に仕える者達のトップにいる大臣の部屋だ。

ジルニア王国の大臣、名をウォルブ・フォン・ヴェルグリンという。

僅《わず》か十八歳の時にその席を前大臣から譲り受け、リオン、アリウスと二代にわたる王の右腕として、国を支え続けてきた。

彼は、王家一番の目利《めき》きの持ち主でもあった。

「これはこれは。アキト様が私の部屋に来るなんて珍しいですね。何か急用でしょうか？」

「ええ。これを見たら分かると思いますが、俺に暗殺者が送られてきました」

俺はそう言って暗殺者の女を突き出す。

ウォルブさんは額《ひたい》に血管を浮き出させた。

「ッ！」

ウォルブさんは王族に危険が迫った際、まっ先にキレる事で有名である。今回の戦争については、彼の中で地獄の業火《ごうか》のような怒りが燃え上がっているだろう。

「ウォルブさん、落ち着いてください。気絶させて拘束してありますから。ウォルブさんの殺気で人が集まってきたら、俺が見つからないようにここに来た意味がなくなります」

「ッ！　すみません、アキト様。ついカッとなってしまいました。それで、その暗殺者をどうするのでしょうか？」

申し訳なさそうにするウォルブさんに、俺は悪そうな笑みを浮かべて告げる。

「ウォルブさん、この国に戦争を吹っかけてる国があるんでしょ？　俺は見ての通り子供で、動く事ができない。でも、ちょうど良く目の前に使えそうな駒が降ってきた……これだけ言えば分かりますよね？」

「成程、そちらの暗殺者をアキト様の奴隷《どれい》にするのですね。了解いたしました。今から奴隷商の方へ行き、手続きを済ませてきます」

「うん。身体検査をして自害しないように道具は奪っておいたけど、念には念を入れて、ウォルブさんの方でも検査しておいてください」

俺がウォルブさんの所に暗殺者を連れてきた理由――

それは、こいつを俺の奴隷にして、使い勝手のいい駒にするためだ。

この世界には、奴隷制度が存在している。

戦争奴隷、身売奴隷、借金奴隷、種類は様々だが、金で人を買う事ができるのだ。なお、この制度は神が作ったものなので、違法奴隷というのはいない。

神の名の下にちゃんとした契約がなされるのだ。

その日の晩、ウォルブさんは奴隷となった暗殺者を連れて俺の部屋を訪れた。女は既に目を覚ましていた。

「アキト様、これがこの奴隷の契約書になります」

「ありがとうございます。ウォルブさん」

「いえ、アキト様の頼みですので、それでは私は失礼します」

そう言ってウォルブさんは、暗殺者の女を残して部屋を出ていった。

俺は女に向かって命令する。

「まずは、自己紹介をして」

「くっ。名前はクロネ。猫人族《ねこじんぞく》の獣人。年齢は十六。得意な得物《えもの》は短剣」

「クロネか。まあ、見たまんまの名前だな。黒い服だし」

そう俺が言うと、クロネは悔しそうな顔をした。

五歳児を殺すという簡単な依頼だと思っていたら反撃され、気を失っている間に奴隷になっていたのだ、そりゃ悔しいだろうな。

とはいえ、自業自得《じごうじとく》だ。

悪事をするなら、それ相応の罰があると思えってね。

「クロネの自由な発言を許可」

「ッ！　クソッ何で私が奴隷にッ、って喋れる!?」

クロネは、俺が発言を許可した瞬間、今まで心の中で思っていた事が言葉になってしまい驚いていた。

「どう？　奴隷になった気分は？」

「最低よ！　簡単な依頼って言われたのに。何で私が奴隷になってるの！」

「えっ？　そりゃ俺の実力を見誤ったからでしょ。でもさ、普通分かるんじゃないの、あんな家族の子息なんだよ？　ただの子供と思って接したクロネが馬鹿なんでしょ」

「なッ！　私は、これでもB級暗殺者なのよ！」

B級暗殺者。ウォルブさんがクロネをここに連れてくる前に、【図書館ＥＸ】で調べておいてあった。

暗殺者には冒険者や商人と同じく所属団体があり、ランクが存在している。

B級は上から三番目なので、相当な実力者だ。

十六歳なのによくそこまで上り詰めたな。子供の頃から暗殺者として育てられていたのだろうか。

「まあ、クロネがどれだけ優秀な暗殺者だとか今は関係ないよ。これからは死ぬまで俺の奴隷だからね」

「くっ、好きなようにしなさいよ！　乳でも吸いたいのかしら!?」

めちゃくちゃな事を言うクロネに、俺は唖然として返す。

「生憎《あいにく》と乳は既に卒業してるし。てか、五歳児に向かって何て事言ってるんだ！」

「五歳だろうと五十歳だろうと、男は男でしょ⁉」

ああもう。奴隷落ちしてヤケになってやがるな。

クロネは黒装束を脱ぎかけていた。

「とりあえず、服を脱ごうとしてる手を止めろ。俺はお前にそんな事を頼むために、わざわざ奴隷にしたわけじゃない」

「じゃあ何よ？　言っておくけど、暗殺者が依頼を受ける時は、相手の顔も名前も知らない。だから、依頼主の情報を聞き出そうとしても無駄よ」

「ああ、知ってるよ。そんな事はどうでもいい。今は、別のもっと大きな問題を抱えてるからな」

俺はそう言ってから、クロネに父さんから聞いた戦争についての内容を伝えた。

「……成程ねぇ。戦争が始まりそうだから、私に情報を探ってこいって事ね」

「ううん。それは爺ちゃん達がやってるから別にいいんだよ。俺がやってほしい事は——」

改めて俺は、クロネに作戦を伝えた。

第9話　戦争準備

クロネにやってほしい事は三つ。

一つ、家族にバレない活動拠点を入手する。

二つ、王都の奴隷商店を見て回って奴隷の情報を集め、その中から俺が選んだ奴隷を購入してくる。

三つ、二つ目で買ってきた奴隷とクロネ自身の生活必需品を揃える。

クロネは拍子抜けしたように言う。

「……簡単に言えば、おつかい？」

「そういう事だね。俺は、一応王子で街中も気軽に歩く事ができないからね。雑務を頼むよ」

「分かったわ。そのくらいなら一日あれば十分よ」

「よろしく。奴隷の購入金額は気にしなくていいから。貯金は、クロネが俺を殺そうとして稼いだ金額より多く持ってるんだ」

「はいはい、流石大国の王子様ですね。それでは、頼まれたおつかいに行ってまいりますね」

「行ってらっしゃい。城の人達に見つからないようにね。まあ、バレずに侵入してきたから大丈夫だと思うけど」

俺がそう言うと、クロネは「はいはい」と言って姿を消した。

クロネを【鑑定】で見た際、【偽装】スキルが大分高かったので大丈夫だと思うけど、一番ヤバい爺ちゃんには話をしておこう。

翌朝、俺は爺ちゃんの所にやって来た。

「……というわけで、俺に奴隷ができたから、爺ちゃん、絶対に殺さないでね」

「うむ、分かったのじゃ。しかし、儂がいぬ間にそんな事があったんじゃな」

まあ、爺ちゃんがいない時を狙ってクロネも来たのだろう。B級暗殺者といっても、化け物みたいに強い爺ちゃんがいる時では、近づく事すらできないはずだ。

「しかし、暗殺者を返り討ちにしたんじゃな、アキト」

「相手が油断してくれたおかげ。爺ちゃん達に魔法を教わってて良かったよ。ありがとう、爺ちゃん」

爺ちゃんは嬉しそうにして、「アキトは本当にいい子じゃのう」と言って俺の頭を撫でた。

その後、爺ちゃんと一緒に朝食を食べた俺は、父さんの部屋に行って仕事をした。大分、この仕事にも慣れてきたので、最近は父さんの仕事にまで手を広げていた。

「アキト、今日もありがとうね」

「俺も今は好きでやってるんだよ。アリスも領地に行ってるから、俺一人の時間が長いんだ」

実は少し前から、アリスは領地へ行ってしまい、遊び相手がいなくなっていた。

俺も何処かに出かけたいと思うけど、こんな時に旅行に行きたいとは言えない。

そんなわけで、父さんの仕事を真面目に取り組んでいるのだ。

「それじゃ、アキトの分はこれで終わりだよ。本当にありがとうね」

「うん。それじゃ、また明日も同じ時間に来るね」

父さんの部屋を出た俺は、自室に戻った。昼少し前だったので、少しベッドに横になる。

ベッドで休んで数十分後、部屋のベランダに出る扉から、コンッコンッという音が聞こえ、クロネが入ってきた。

「帰ってきたね。どうだった？」

「拠点は、私では決められないから、目ぼしい物件の資料をもらってきたわ。ここから選んでまた後日来ると伝えてある」

「そっか。まあ、確かにそうだね」

「それで、奴隷の方だけど――」

クロネは、奴隷の資料をテーブルの上に広げた。

早速その資料を見て、欲しい奴隷といらない奴隷とに分けた。

欲しい奴隷に残ったのは、ドワーフ族が三人、エルフ族が二人だった。

クロネが不思議そうに尋ねてくる。

「何で、この五人なの？」

「ドワーフ族は、同じ職場出身みたいだから仲間意識があって連携できると思ったからさ。エルフ族は姉妹なんだよ。他人同士の組み合わせよりも使えそうだろ」

「成程。五歳児なのによく見てるわね」

「五歳児だからね」

特に意味もなくそう返し、続いて俺は物件を確認した。

普通の一軒家、貴族の家、豪邸。様々な物件の情報があったが、その中に一つだけ、俺が求めていた物件があった。

鍛冶場《かじば》、倉庫があり、部屋数がかなりある。

俺はクロネに建物と奴隷の分のお金を渡して、「それじゃ、もう一回行ってきて」と言った。

「はいはい、行ってきますよ～」

クロネは若干不貞腐《ふてくさ》れながらも部屋を出ていった。

それからしばらくしてクロネが帰ってくる。奴隷の契約と建物の契約が終わったようだ。やっぱり駒がいると便利だね。

「了解。ありがとね、クロネ」

「いえいえ、ご主人様のご命令ですからね～。それで、お次は何のおつかいに行けばいいのでしょうか？」

「最初に言った通り、食料とか着替えとか生活必需品を頼むよ。お金はこの袋に入れてあるから、それでクロネの分も合わせて全員分買って、さっき買った建物に入れておいて。奴隷はそっちの建物で自由に過ごしてもらって。で、クロネは、夜には俺のもとに戻ってくる事」

俺がそう言うと、クロネは「何で、私だけ戻ってこないといけないのよ」と愚痴りながら出ていった。

「さてと、人員の確保は終わったし……俺もそろそろ動くか」

俺はソファーから立ち上がり、ステータスを確認する。

名　前：アキト・フォン・ジルニア
年　齢：5
種　族：クォーターエルフ
身　分：王族
性　別：男
属　性：全
レベル：24

筋　力：735
魔　力：3741
敏　捷：831
　運　：78
スキル：【鑑定：MAX】【剣術：3】【身体能力強化：4】
　　　　【気配察知：MAX】【全属性魔法：3】【魔法強化：MAX】
　　　　【無詠唱：MAX】【念力：MAX】【魔力探知：MAX】
　　　　【付与術：MAX】【偽装：MAX】【信仰心：4】
　　　　【錬金術：1】【調理：2】【手芸：2】
固有能力：【超成長】【魔導の才】【武道の才】
　　　　【全言語】【図書館EX】【技能取得率上昇】
称　号：努力者　勉強家
加　護：フィーリアの加護

爺ちゃんと父さんとの訓練を経て、俺は急激に成長していた。

爺ちゃんの訓練では魔物を相手にする事があったためレベルが上がり、能力値全般が大幅に上昇したのだ。

「おっ、ちゃんと【錬金術】のスキルを手に入れてるな。良かった」

戦争に備えて、俺は色々準備していた。

その一つが【錬金術】だ。

ウォルブさんに秘密裏に用意してもらった〝初心者錬金術師セット〟を使い、スキルを手に入れたのだ。

「【錬金術】で作る物の材料は、クロネに用意してもらうか」

一度にまとめておつかいさせても良かったが、暗殺を仕掛けてきた罰として、何度も往復させるという地味な嫌がらせを、俺はクロネにしていた。


その日の晩、クロネが戻ってきた。

「おかえり、クロネ」

「ただいま戻りましたよ、ご主人様。頼まれていた通り、奴隷達を拠点に案内し、衣服・食料・日用品を揃えてきました」

「よくやった。褒美《ほうび》に、もう一度おつかいを頼むよ」

クロネは心底嫌そうな顔をして、「はいはい」と返事をする。

俺は、とある材料を書き出したメモをクロネに見せて、買ってくるように頼んだ。

「こんな材料を何に使うのよ？」

「……毒だよ。それもこの世界で一番厄介な毒薬〝魔消薬《ましょうやく》〟さ」

「なッ！」

魔消薬――それは遥《はる》か昔、たった一度だけ生成された事がある毒で、摂取した者は魔力がいっさい使えなくなるという物だった。

「何であんたが、そんな毒薬のレシピを知っているのよ」

「そりゃ、五歳児だからね。一応、禁忌《きんき》とされている毒薬だから口外しないでよ」

「五歳児だからって何なのよ。はぁ……」

クロネは、俺が本当の事を話すわけがないと悟ったのか、深いため息を吐いてこの場から消えた。

さて、何故毒薬を作るのか。

それは、今回の戦争相手が世界一大きな大陸の約半分を治める大国――魔帝国《まていこく》フラブリンであるからだ。なお、俺達の国はジルニア王国は世界で二番目に大きな大陸にある。

魔帝国フラブリンには、魔法のスペシャリストが多く、爺ちゃん並みの魔法使いも存在しているという。

その一方で――

「……魔法以外の戦闘力は他大陸に主要国に劣り、装備品は魔力増強アイテムばかり。つまり魔力さえなくせば、こちらが一方的に叩ける」

そのための魔消薬というわけである。

そんな事を考えながら、俺はベッドに横になった。

◇◇◇

翌日、俺は朝からクロネと共に、真新しい拠点にやって来た。

まず、奴隷として買った者達と顔合わせをする事にした。彼らをリビングに集め、名前と得意技能を聞いていく。

「ガンムです。鍛冶をやっていました」

「ゴルブです。鍛冶をやっていました」

「ゲルムです。鍛冶をやっていました」

「ニアです。森での生活が長かったので、狩猟や採取なら力になれます」

「ニコです。姉と同じです」

一人一人のステータスを見てみた。

ドワーフ族三人は【鍛冶】レベルが高く、【鍛冶】に使える他のスキルも高かった。このまま道具製作に回せそうだ。

ニア、ニコのエルフ姉妹は、レベルはそこそこ、能力値もそこそこだった。王都周辺での狩りなら問題なくいけそうだし、材料集めも任せられそうだ。

俺は奴隷達に指示する。

「ドワーフ三人は鍛冶場でこれを作っておいて。材料はもうあるから。あと、三人の中でリーダーを決めておいてくれ。それで、決まったらクロネに報告」

「「「分かりました」」」

ドワーフ奴隷達は返事をして、リビングから出ていった。

「エルフ姉妹は、材料の採取。装備はクロネが用意してくれているからそれを着けて。明日中には帰ってくる事」

「「はい」」

エルフ姉妹も返事をして出ていった。

一人になった俺は、【錬金術】のために用意した作業部屋に移動する。そして、昨晩クロネに用意してもらった材料を使い、薬品作りを始めた。

まず、簡単な回復薬からだ。

最初から、あの薬に手を出したところで失敗するのは目に見えている。

スキルのレベルが高ければ成功率が上がるというのが、この世界のルール。ならばそのルールに従い、転生ガチャで引き当てた成長力で一気にレベル上げをするというわけだ。

数日後、そうして長く作業をしていると、何者かが声をかけてくる。

「ご主人様。じきに日が暮れる頃です」

「了解」

部屋をノックして入ってきたのは、新たに購入したエルフ姉妹エマとエナの姉、エマだった。

何故、新たに奴隷を買ったか？

理由は、拠点で生活するうえで必要だと感じたから。

世話係といえば良いのかな。ドワーフ達には料理技術がなく、ニアとニコも料理は得意ではない。

そんなわけで、料理係として購入したのだ。

この屋敷は使われてない時期が長い。そのため埃《ほこり》だらけなので、その掃除をしてもらうというのもある。

また、買った後に気が付いたのだが、既に購入していたエルフ姉妹と新たに購入したエルフ姉妹は同郷の友人同士だった。

エルフの世界って狭いんだなと感じた。

「ご主人様。屋敷の掃除は大分終わりました」

「は、早いな……あの広さをもう終えたのか？」

「ニア達と一緒に生活させていただけると聞いて、張りきりすぎました」

エマは嬉しそうに微笑んでいた。

奴隷となれば、酷い環境に行く事も少なくない。俺に買われ、同郷のニア達と一緒に暮らせると知ったエマ達は、屋敷に来た翌日から目をキラキラさせて働き始めたのだ。

「掃除を終えたとなると、仕事がないな……」

「……でしたら、ご主人様。私かエナのどちらかに、ニア達と同じく材料採取に行かせるのはどうでしょうか？」

「う〜ん、まあそうなるよな……後でクロネに指示させるよ」

「分かりました。それでは、お待ちしております」

それから俺は転移魔法で、王城に帰宅した。

俺の部屋で見張りをしていたクロネに「ご苦労様、帰っていいよ」と声をかけてから、夕食を食べに食堂に向かう。

その席で、エリク兄さんから明日トランプしようと誘われたけど……

「あ〜、ごめんね。明日はやり残してた宿題を一人でやろうと思ってて、父さんにも仕事はできないって言ってあるんだ」

俺が申し訳なさそうに言うと、エリク兄さんとアミリス姉さんが提案してくる。

「そうなの？　難しい宿題なら兄さんが手伝おうか？」

「あら、エリク兄さん。兄さんも宿題は終わってないでしょ？　ここは、お姉ちゃんが一緒にやってあげるよ？」

「エリク兄さん、アミリス姉さん。やり残した宿題は読書感想文だから、手伝ってもらわなくても大丈夫だよ。また今度一緒に遊ぼう」

「「うん、分かった。宿題頑張ってね」」

エリク兄さんとアミリス姉さんは同時にそう言った。

まあ、嘘なんだけどね。宿題は全部終わっているし。

ただ、時間がないのは本当で、明日は一日拠点に籠《こも》ると決めているのだ。

食後はエリク兄さんと一緒に風呂に入り、部屋に戻ってくる。部屋では、クロネが本を読んで待っていた。


「あれ、クロネ。まだ帰ってなかったの？」

「あんたね～……一旦帰ったに決まってるでしょ！　そしたらエマに『明日からの事は決まりましたか？』って言われたから、あんたに聞きに戻ってきたのよ！」

「あ～、そういえば、言うの忘れてたね。ごめんごめん」

「ごめんって……言っておくけど、ここに出入りするのも難しいんだからね？　そこのところ、分かってちょうだい。それで、明日からのエマ達はどうするの？」

何も考えてなかった俺は、逆にクロネに何かやってほしい事ってあるか尋ねた。

「う～ん……私のやってる雑務を任せたいけど、あの子達に城に侵入するのは難しいと思うし……」

クロネはしばらく悩むと、ポンッと手を叩いて「ないわ」と言った。

まあ、そうだよな。

「というか、あの子達の仕事の速さが異常なのよね。あの広い屋敷をもう掃除しきって、掃除し終わった所も毎日掃除してるのに、更に時間があり余るって……」

「だよな。特にエマのやる気はエルフ四人の中でも異常だからな。食事当番も自ら志願してやってるみたいだし」

「そうなのよね。あの子の作る料理は本当に美味しいのよ。敵対種族であるドワーフ達もエマの料理を食べ、彼女の事を娘のように可愛がってるしね」

「そうなんだ。俺も料理するから、エマとどっちが美味しいか勝負してみようかな」

それはさておき、エマ達の仕事をどうするか、クロネと一時間くらい話し合った。

結果、当分は屋敷の周りの掃除をしてもらうのと、俺の身の回りの世話、後はニア達が持って帰ってきた素材の仕分けを頼む事にした。

材料の仕分けは意外に力仕事なのでクロネに任せていたが、軽い荷物とかならエマ達にもできるだろう。

「あっ、それとクロネ、追加でこの材料も買っておいて」

「……毎回毎回、夜中に用事を言いつけるんじゃないわよ！　私を困らせたいの？」

「えっ、そうだけど？　クロネ、暗殺されそうになった俺が、クロネをそんな数日で許すわけないだろ？」

「くっ……」

クロネは俺の言葉を聞いて「分かりました。明日までには用意しておきますよ」と言ってその場から消えた。

いじわるばかりしているけど、実際のところクロネの働きぶりには感謝していて、既に許している。しかしまあ、クロネをイジるのはちょっと楽しいので、もうしばらくこのままでいいだろうと思う。

第10話　対魔帝国

翌日、いつも通りクロネが来たので見張りを頼み、俺は拠点の研究室へ移動した。そして、「今日は一日ここにいる」とエマに伝え、作業を始める。

「【錬金術】のスキルレベルも4になったし、一回試してみよう」

ちなみにスキルレベルは五段階まであり、1から順に上がっていき、4の次はMAXと表示される。

よし、やってみるか。

「失敗しても、また挑戦すればいいし」

クロネに用意してもらった材料と、ニア達に集めてもらった材料、それらの中から、魔消薬を作るのに必要な素材を部屋に運び、作成作業を始めると――

失敗する事なく、一発で成功してしまった。

まあ、割りとこうなるんじゃないのかと思っていた。【錬金術】スキルのレベル上げをしている時も、回復薬作りに失敗した事もなかったし。

そのおかげで、回復薬、解毒薬、解呪薬《かいじゅやく》などが大量に生産されてしまった。

「できたし、試してみるかな」

しかし、試す相手がいないのでどうしようか。その時ふと、魔物に使えば良いのでは？　と思い浮かんだ。

確かに、魔物は最適の相手じゃないいか。

だが、俺は爺ちゃんのように長距離を転移魔法で移動できない。できて、城と王都内にあるこの拠点くらいの距離だ。

「魔物がいる所まで行くとしても、徒歩で行かないといけないしな。ここは、奴隷達に同行を頼むか」

その時、ちょうど良くエマが部屋に来た。お茶を持ってきてくれたらしい。

「いいところに来た。エマ、今から出かけるぞ」

「えっ、今からですか？　どちらまで行くのでしょうか？」

「街を出て、近くの森までだ。薬ができたから試そうと思って」

「え!?　分かりました。準備してきます」

エマはそう言って、すぐに部屋を出ていった。

俺も早速、外に出る準備を始める。

この国の王子である俺の姿は、街の人達に結構知られているんだよね。そんなわけで、俺は自分に【偽装】の魔法をかけて、髪と目の色を緑に変化させ、耳をエルフのように尖らせた。

よし、これで何処からどう見てもエマの弟だ。

こうして変装をした俺は、エマと共に拠点を出て——


何の障害もなく街から出る事ができた。

「こんな形で、初めて自分の足で街を出る事になるなんて……」

「え？　ご主人様は、街から出た事がないんですか？」

「あるにはあるんだが、爺ちゃんの転移魔法で修業場の山に行った事があるくらいだからな。こんなふうに歩いて出るのは初めてだ」

エマと共に近くの森へとやって来た俺は、手頃な魔物が出てこないか待っていた。

早速、一匹のスライムが出てくる。

魔物の中でも最下級の魔物であるスライムに、この禁忌の薬を使うのはもったいないかな……とためらっていると、そのスライムはこちらに近づいてきた。

エマが俺を庇《かば》うように立つ。

「ご主人様、下がってください！」

「エマ、待て。あいつは俺達に殺気を向けてない」

そう言いつつも、俺は内心で「何がしたいんだ？」と思っていた。

スライムは俺の目の前に来ると、ニョロッと体を伸ばして俺の手に触れた。その瞬間、俺は自分の身に変化が起きているのに気が付き、慌ててステータスを確認する。

名前：アキト・フォン・ジルニア
年齢：5
種族：クォーターエルフ
身分：王族
性別：男
属性：全
レベル：24
筋力：735

魔　力　：３７４１
敏　捷　：８３１
　運　　：78
スキル　：【鑑定：ＭＡＸ】【剣術：３】【身体能力強化：４】
　　　　　【気配察知：ＭＡＸ】【全属性魔法：３】【魔法強化：ＭＡＸ】
　　　　　【無詠唱：ＭＡＸ】【念力：ＭＡＸ】【魔力探知：ＭＡＸ】
　　　　　【付与術：ＭＡＸ】【偽装：ＭＡＸ】【信仰心：４】
　　　　　【錬金術：４】【調理：２】【手芸：２】
　　　　　【使役術：１】
固有能力：【超成長】【魔導の才】【武道の才】
　　　　　【全言語】【図書館ＥＸ】【技能取得率上昇】
称　号　：努力者　勉強家　従魔使い
加　護　：フィーリアの加護

スキルの欄に【使役術】が、そして称号の欄には〝従魔使い〟が追加されていた。つまり、勝手に目の前のスライムが従魔になったのだろう。

「おいこら、勝手に従魔になるってどういう事だよ……」

「～～」

スライムは俺が「従魔」と口にすると、嬉しそうに飛び跳ねた。

「あ、あの、ご主人様……」

「ああ、エマなんかこいつ、勝手に俺の従魔になったみたいだ。敵じゃなくて味方になったよ」

「えっ⁉」

エマは、俺の説明を聞いて驚いていた。

うん、俺も驚いたよ。というか、固有能力【技能取得率上昇】って異常じゃね⁉　本人が望んだスキル以外も勝手に覚えるって……

そういえば、今までも勝手に覚えてたな。知らないうちに【無詠唱】とか手に入れてたし。

「まあ、いいか。お前の名前は後で考えるとして……薬の効果を試すのが先だ」

ピョンピョン跳ねて邪魔されては困るので、スライムは俺の頭の上に置いてやった。すると、スライムは嬉しそうに震えて静かになった。

勝手に従魔となったスライムを連れ、森の中へ進んでいく。

道中、スライムの名前を考えていたのだが、勝手に仲間になるような奴にちゃんとした名前を考えるのも馬鹿らしく思い、スライムという種族名から一文字取って、ライムと名付けた。

「ぴ～」

「凄く、喜んでいますね……」

「ああ、幸せな奴だな……」

ライムは名を与えられた事に喜び、俺の頭の上で器用に跳ねた。

それから数分して、ゴブリンが現れる。

「よし、今度こそあいつに試すか。エマ、ゴブリンの捕獲を頼む」

「はい！」

指示を受けたエマは速攻でゴブリンの背後に移動し、ゴブリンを羽交い締めにした。ゴブリンが苦しそうに口を開けたので、瓶を突っ込んで魔消薬を流し込む。

「ギャッ――」

ゴブリンは一瞬で死んだ。

魔力が少ないゴブリンだと、この毒薬で殺せてしまうのか……

あまりの効果に驚いた俺だったが、ふと頭の上に乗っていたライムがプルプルと震え出した事に気付く。

ああ、この薬品をもし自分にかけられていたら……と考えたんだな。

「ライムにはそんな事しないよ」

「ぴっ」

エマが俺に話しかけてくる。

「ご主人様。実験は成功のようでしたけど、この後はどうしますか？」

「うん、帰宅するよ。戦争まで時間もなさそうだから、魔消薬の量産体制に入りたいんだ。それに、次の準備にも取りかからないといけないし」

それからすぐに、俺達は拠点に戻った。

ドワーフのリーダーになったというガンムがリビングにいて、頼まれていた物を完成させたと報告してきた。

早速、鍛冶場に移動し、完成品を見せてもらう。

「主人様が設計した通りに作りました。ですが、何分初めてでしたので、完成するまでに時間がかかってしまいました……」

「いや、いいよ。戦争には間に合ったからね。見てもいいかな？」

俺が頼んでいたのは、銃だ。

俺はできたての銃を手に取り、弾を装填する。そして、試し打ち用に作っていた的《まと》に向けて撃った。

飛距離・速度は申し分なく、反動は少ない。

何故、銃を作ったのか。それは、魔消薬の影響を最小限にして運用するためである。まあ、どういう事かは追々明らかになるだろう。

……最後の仕上げは俺がやる事にしよう。

俺はドワーフ達に指示する。

「銃と弾はなるべく大量に作っておいて！　それで、作った分から俺の部屋に持ってくるように」

「「「はい！」」」

ドワーフ達は返事をすると、作業を始めた。

ドワーフ達の邪魔になったらいけないので、俺達は部屋を出た。それからすぐにエマを普段の仕事に戻らせる。

一人になった俺が作業を始めようと思った時――頭の上に違和感を覚えた。

「ああ、そうか、ライムがいたのか」

「ぴっ⁉」

忘れてたの⁉　という反応をするライムに、俺は「すまんな」と言って撫でた。

しかし、ライムはどうしようかな。下手に家の中にいてもらっても掃除とかの邪魔になるだろうし……

よし、面倒事は全部クロネに押しつけよう！

「というわけで、クロネ。ライムの世話よろしく」

「ッ！　あたしの扱い酷くないかしら！」

「そこは、ほら……ね？」

俺は転移魔法で戻ってきて、作業を始めた。

今、俺が用意しているのは、弾に毒薬を入れた〝毒弾〟である。

銃でこの弾を撃てば、魔力が高い帝国兵であっても一瞬で魔力がなくなるだろう。

「……まあ、非人道的な兵器を作っている自覚はある」

戦争を仕掛けてくるんだから、相手国の兵士も襲われる覚悟もあるだろう。そんな考えのもと、これを作り始めたが……

「まっ、実際に撃たず、脅すためだけに使うのも良いかな……」

その後、俺は毒弾作りに没頭するのだった。

◇　◇　◇

毒薬が完成してから数日後、戦争の噂は国中に広がっていた。

エリク兄さんとアミリス姉さんは怯えていた。二人は俺の部屋に来て、俺を落ち着かせようとしてくれたが、自分達の方が震えている。

ああ、俺の家族をこんな気持ちにさせるとは……

「エリク兄さん、アミリス姉さん。ちょっと、トイレに行ってくるね」

そう言って俺は、震える二人の間をすり抜けて部屋を出た。

ちょうど良く爺ちゃんが廊下を歩いてくる。

「爺ちゃん、どうなの？」

そう聞いただけで、爺ちゃんは察してくれた。爺ちゃんは渋い顔をして答える。

「こちらの方が戦力的には不足しているのう。他国に協力要請したものの、魔帝国とやり合うとなると……」

思った以上に戦力が集まらなかったようだ。

爺ちゃんは俺の頭に手を置くと、「心配するな、爺ちゃん達がどうにかしてみせるからのう」と言って作り笑いをした。

爺ちゃんも相当無理してるみたいだな。連日飛び回っていたし。


その後、爺ちゃんと別れた俺は、城の敷地内にある魔法の練習所へやって来た。

「クロネ、準備は整ったか？」

虚空に向かって俺がそう聞くと、何処からともなくクロネが現れた。

「ええ、十分にできてるわよ。ワイバーンの確保に手間取ったけど、何とか間に合わせてみせたわ」

「ご苦労。クロネには本当に感謝してるよ」

「なッ！　アンタがまともにお礼言うとか、明日は隕石《いんせき》でも降るんじゃないの⁉」

そんなふうにクロネとやり取りをしつつ、俺は転移魔法で拠点に移動した。俺の奴隷達が勢揃いしている。

この数日間で、用意するのに苦労した物が二つある。

一つが、他人にスキルを貸せる【技能貸与】のスキルブック。もう一つが、飛行する生き物だ。

その両方が既にもう揃っている。

つまり、【技能貸与】でクロネに俺のスキル【使役術】を貸し、空飛ぶ乗り物としてワイバーンを使役してもらってきたというわけである。

「やれる事はやった。後は相手を沈めるだけだ。既に敵は、こちらの大陸近くまで来ているようだが、速攻で終わらすぞ！」

「「「はい！」」」

俺の言葉に、全員気合の入った返事をしてくれた。俺はこの数日間で鍛え上げた転移魔法を使い、街から離れた所に作った従魔専用の建物に移動した。

そこでクロネに用意してもらったワイバーン達に乗り、全員が銃と毒弾を装備したのを確認し、ついに出撃した。

ワイバーンの飛行速度を魔法で強化して飛んでいると、海が見えてきた。

しかしまあ、異世界でスローライフを送ろうと思っていたのに、五歳で戦争に参加する事になるとは……

「人生何が起こるか本当に分からないな……」

するると、俺の前に乗るクロネが尋ねてくる。

「何か言ったかしら？」

「独り言だよ」

まっ、これが終われば普通の日常が戻ってくるだろうし、今は頑張るかな。

クロネが前方を指さして告げる。

「見えてきたわよ。あれが魔帝国の船よ」

「大きいな。あんな大きな飛行船を飛ばすってどれだけ魔力使ってるんだよ……」

ちなみに、この世界の船や飛行船の動力は全て魔力である。魔帝国の戦力は、浮かべている飛行船の大きさと数を見るだけで、桁違いなのが分かった。

しかし、こちらはその圧倒的な戦力差を覆すブツを用意してきてある。

「クロネ、上と下どっちが良いと思う？」

「そうね。私の見立てだと、上は将軍クラスがいると思うから下かな」

「成程ね。みんな、準備は良い？」

「「はい」」

俺は「それじゃ、行くよ」と言って、船目掛けて突撃した。

ドワーフ達、エルフ達、クロネと俺の三組のワイバーンに分かれ、それぞれ別の船に着陸する。

「な、何だ。お前ら⁉」

「何だ、とは失礼だね。君達が戦争を仕掛けた国の王子だよ。俺の安心安全なスローなライフを脅《おびや》かす害虫を駆除しに来たんだ」

「わ〜お。いつもの嫌な顔に、その煽《あお》り文句。流石、私達のご主人様だね〜」

俺に続いて、クロネがそう口にすると、敵兵は「王子？　ハハッ、獲物自ら来たぞ！」と騒ぎ始めた。

バンッ！

「……へ？」

最初に声を上げた魔帝国兵の肩に銃を向けた俺は、ためらわず撃っていた。

魔帝国兵の全身から一気に魔力が消えて倒れる。

撃たれた兵士は、口から泡を吹いて気絶していた。

ゴブリンより魔力が高いから死ぬ事はなかったが、まあ、これでしばらく立ち上がる事はできないかな……

「な、何しやがった⁉」

「さあ？」

「なっ！　おい、お前らやるぞ！」

「「はい！」」

魔帝国兵の中で一際目立つ衣服を纏《まと》う人物に続いて、兵士達が一斉に俺達に向けて魔法を放つ。

俺はそれらの魔法に弾を撃ち込んで消し飛ばし、クロネと共に船内の兵士を倒していった。

「クロネ、そっちは終わった？」

「ええ、終わったわよ。それにエマ達も終わったみたい」

クロネはそう言って別の船の方へ視線を向ける。別の船上でエマ達がこちらに向かって手を振っていた。

みんな、上手くやれたようで良かった。

そう思っていると――真上から高火力の魔法が飛んできた。

バンッ！

クロネが弾を放ち、魔法を消し飛ばす。

魔法の陰から、一人の帝国兵が現れる。

黒の服を纏った長い赤髪のツリ目の男は、他の兵士とは比べ物にもならない程強力なオーラを放っていた。

男が口を開く。

「……何だ？　お前らが使っているその武器は？」

「それを教える義理は？」

「ないな。しかし俺はそれに興味が湧いた。力ずくでも吐かせてやる」

男は一瞬で移動し、俺の前に現れる。

俺はその動きに反応し、短距離転移魔法でクロネと共に移動。相手の後ろを取って、銃を放った。

が、男は転移魔法で避けた。

俺がすかさずクロネを離脱させると、男は感心したように口にする。

「ほう。子供の癖に良い動きをするな。俺はレオン。帝国魔法騎士団の団長だ。お前の名前は？」

「敵に名乗りたくないが、冥土《めいど》の土産に聞かせてあげるよ。俺は、アキト・フォン・ジルニア。お前達が攻めようとした国の第二王子だ」

「……そうか。ジルニア王国に、こんな奴が存在していたとはな。我々も調査不足だったようだ」

レオンはそう口にすると、またしても俺の前から消えた。

俺はすかさず距離を取ったが、レオンは再び急に現れ、剣で俺の頬に傷をつける。

ああ、クソッ。

さっきより速い。

「殺すつもりだったが……俺の転移魔法の速度に反応するとはな」

そこから俺とレオンの対決は、更に激しくなっていった。

転移して攻撃してくるレオンに対し、俺も転移して隙を見て銃を撃つ。しばらく互角の戦いを続けていると、思わぬ展開が起きた。

新たな人物が現れ、レオンが声をかけた。

「クリス！　何で君がここに来てる？」

「え〜、レオンさ〜ん。自分だけズルいですよ〜子供と遊ぶなんて〜。僕も遊び……」

バンッ！　バンッ！

俺はレオンと出現した青髪の男に向け、銃を撃った。

「なっ」

「えっ」

戦争中に相手から目を話す方が悪い。

弾は二人に当たり、レオンと青髪の男は倒れた。

「はぁ、はぁ……成程な、この弾で兵士達を倒していたのか……」

レオンは弾に撃ち抜かれたにもかかわらず、意識を保っている。

元々の魔力が高いんだろうな。それでも魔法はいっさい使えないだろう。一方、青髪の男は完全に気絶していた。

俺はレオンに向けて言う。

「まあね。これには魔消薬が入っているんだ」

「ま、魔消だと⁉　くっ、禁忌の毒薬が作られていたとは……」

そう言い残して、レオンは膝から崩れ落ちた。

第11話　終戦

俺はクロネ達と合流した。【念力】でレオンを浮かせて運んでいたので、クロネが「何してるの？」と聞いてくる。

「この兵士は俺に負けたじゃん？」

「ええ、そうね」

「んで、気絶してるじゃん？」

「ええ、そうね……」

「んじゃ、殺さないであげる代わりに、俺の奴隷にしようと」

「はい、そこおかしい！　アンタ、本当に五歳児なの!?」

まあ、普通ならこうしないだろうけど、そうやって俺の奴隷になった前例が目の前にいるんだよなあ。

「クロネ、君も同じように奴隷になったの覚えてないの？」

「……そういえばそうだったわね。あ〜あ、その人も可哀そうに」

クロネが同情するようにそう呟いたところで、レオンが目を覚ました。

なお、魔消状態が解消されたわけではない。魔力がない状態に体が慣れて、意識が戻っただけである。

縄で縛られて動けないレオンはすぐに状況を理解し、「捕まったのか」と口にした。

俺はレオンに尋ねる。

「おはよう、レオン。眠りから覚めた気分はどうだい？」

「最悪だな。体内の魔力がほとんど感じられない。これが魔消の効果なのか」

「普通だと、数時間は意識を失っているんだけどね。レオンは本当に元の魔力が高いんだな」

レオンはため息交じりに応える。

「まあ、これでも帝国一の魔法の使い手だったからな。その評判も今となっちゃ、何の意味もないが……クリスのせいでな」

俺とレオンの戦闘に割り込んできた青髪の青年は、クリスという名前だったらしい。

「俺としては、そのクリスのおかげでレオンに勝てたから、感謝はしてるかな」

俺がそう言うとレオンは空を見上げ、「で、俺をどうするんだ？」と聞いてきた。俺はもったいぶるように尋ねる。

「わざわざこうしてるんだから、どうなるか分かるだろ？」

「良くて人質、悪くて奴隷って感じか？」

「その悪い方の奴隷だよ。でも安心していいよ。俺の奴隷だからさ。良かったね？」

「……まあ、お前の奴隷なら面白そうだな」

そう言うレオンに、クロネは「諦めちゃだめよ。何としても逃げなさい」と耳打ちした。レオンは、そんなクロネと俺の関係に疑問を感じたらしい。

「ハハッ、奴隷からこんな事言われる主《あるじ》、初めて見たぞ？」

「俺の所は、自由をモットーに仕事をしてもらってるからな。敬語とかを強制してないんだよ。まっ、エルフシスターズは全員、俺に敬語で話してるけど」

俺がエマに目をやると、エマは「当り前ですよ。こんな素晴らしいご主人様なのですから」と言った。

その後、俺はレオンから上の船の戦力について聞いた。

「乗っているのは、皇帝の選んだ者達だ。だが、精鋭というわけでもない。お前なら危険ではないだろう」

「そうなの？　魔帝国の魔法使いは質が高いと聞いていたけど」

「一世代前はな。今は大した者がいない。功績だけ欲しがる奴らしかおらず、今回の戦争もそうした者達が起こしたんだ」

「そうだったのか……」

何と言うか、この世界でもそういうのはあるんだな。

前世で言うと、親のコネで入った奴が経営に携わり、会社を傾けてしまうという感じだろうか。

だが、俺としては好都合だ。

「それなら、さっきよりも簡単に制圧できそうだな」

「お前一人で、五分もあれば制圧できるだろう。俺を圧倒するくらいだからな。いっその事、帝国を潰してくれよ」

「こらこら、自分が捕まったからって、国まで見捨てちゃいかんでしょ」

「俺が捕まる以前の問題だ。魔帝国は民達を苦しめている。ならば、ジルニア王国の傘下になった方が民のためだ」

「もしかして、レオンって平民出なのか？」

「ああ」

そっか、どうりで民思いなわけだ……

それにしても平民出でよくもまあ、魔法騎士団の団長まで上り詰めたものだ。本当に凄い拾い物をしたよ。

とか思っていると、クロネが指摘してくる。

「ご主人様。悪い顔してるね～」

「そうか？　まっ、嬉しい事があったんだよ。さてと、レオン曰く俺だけで大丈夫との事だし、一人で行ってくるかな。クロネ達は帰宅の準備をしといてくれ」

「は～い」

そうして俺はスキルの【念力】で自分自身を浮かせ、飛行船へ向かった。

「そろそろ終わらせないと、ジルニア王国が本格的に戦争に乗り出しちゃうからな」

そういえば、俺はエリク兄さん達に「トイレに行ってくる」と言って出てきた。つまり、三十分以上トイレに籠《こも》っている事になる。

五歳なのに、便秘に悩まされているみたいだな。

俺は飛行船に到着した。早速乗り込むと、呆《ほう》けたままの魔帝国の兵士達に銃を向け、明るく挨拶をする。

「こんにちは、俺の国に無断で入ってきたみたいなので、わざわざ検問しに来ました〜」

「な、何者だ。お前は⁉」

「何者って……説明するのは面倒だな。よしっ、省こう。それじゃ、行くよ？」

そう言い終えるやいなや、俺は銃の引き金を引いた。

撃つ撃つ撃つ撃つ撃つ。

弾を撃ち終える前に、異空間から弾を取り出して転移魔法で装弾。更に連射しまくった。

「な、何者なんだ……」

次々と倒れていく帝国兵達。

その中には、レオンのように位の高そうな服を着た者もいたが、その実力はレオンに及ぶべくもなかった。

「……さてと、最後はあなたですね。皇帝様？」

敵兵を全て魔消状態にした俺は、一人残った金髪禿豚《きんぱつはげぶた》の偉そうな男に向けてそう言った。

「ひっ！　わ、悪かった！　ジルニア王国を攻めた事は謝るから！」

「謝って済むと思ってるの？　それ相応の報《むく》いを受けるべきなんじゃゃない？」

俺はそのまま銃口を皇帝の口に入れ、ニコリと笑顔を作る。

今のところジルニア王国に被害はないが、ここ数日父さんは激務に追われ、爺ちゃんは長距離転移魔法で疲弊していた。

家族が苦しい思いをしているのを見て、俺はイラついていたのだ。

「俺ってさ、結構怒りっぽいんだよね。謝ったくらいで許されると思うなよ！」

「ひひぃぃ!!」

皇帝は泣き叫び……失神してしまった。

いやいや、失神してこの場を逃れようって何？　逃すわけないじゃん。そう思って俺は、皇帝に向けてあえて回復魔法を放った。

皇帝はパチッと目を見開く。

「は～い、おかえりなさい。悪夢だと思った？　残念、現実です。あなたにはこの後、た～っぷりと働いてもらうんですから、寝ちゃだめですよ？」

「は、はぃぃ」

それから、俺は皇帝と話し合った。

まず俺の事は口外しない、それは大前提として、魔帝国フラブリンの政治における全ての決定権をジルニア王国に譲ってもらう事にした。

更に、レオンとレオンが選んだ兵士達は、俺が世話を見るから戦死扱いにしてもらう。

もし約束を守らなかったら、魔帝国全域に魔消薬をばら撒いて国を壊すと脅した。

「ぜぇ、絶対に守ります！」

皇帝は泣きながら叫んだのだった。


その後、下の船に戻った俺はレオンに尋ねる。

「それで、レオン。連れていくのはそれだけでいいのか？」

「ああ、でも大丈夫なのか？」

「一応、俺は王族だよ？　お前達を養えるくらいの財力はある」

レオンは近くにいたクロネの方に顔を向ける。

「……なあ、本当にあいつは五歳児なのか？」

「さあ？」

ちなみに、レオンが選んだ兵士は三名。それくらいなら、今の俺の貯金で十分養える。

俺はレオン達をワイバーンの背に乗せると、そのまま空へ飛び立った。そして魔帝国の飛行船から離れ、異空間から〝ある物〟を取り出す。

「ッ！　お、それは⁉」

「見ただけで分かるんだ。レオンには薬学の知識でもあるの？」

「なくても誰でも分かるだろ！　最上級回復薬だぞ？」

俺が出したある物とは、数ある回復薬の中でも極めて珍しく、現代ではほぼ目にする事さえないという薬――エリクサーである。

まあ、俺が製造したんだけどね。

「何でって、そりゃ俺が作ったからさ。魔消状態のレオンを引き取ったんだから、それくらいの準備はしてるよ」

「何でもありかよ。この五歳児は……」

そうしてエリクサーをばら撒き、魔帝国兵の魔消状態を解除してやった。これで俺が来たという痕跡は消えただろう。


俺は王都に帰還した。なお、レオン達にはワイバーン用の建物にしばらくいてもらう事になった。

王城に戻ってきた俺に、エリク兄さんとアミリス姉さんが話しかけてくる。

「アキト、今まで何処に行ってたの⁉　トイレに探しに行ったのにいなかったよね⁉」

「アキトちゃん、何処に行ってたの⁉」

「ご、ごめんなさい、エリク兄さん、アミリス姉さん。外に出て、気持ちを落ち着かせてたんだ。戦争って聞かされて怖くなったから……」

「ッ！　そ、そうだったのか。ごめんな、アキト」

「そうよね。歳上のお姉ちゃん達がしっかりしないとね」

エリク兄さんとアミリス姉さんは、俺を強く抱きしめてくれた。そうして三人しばらく抱き合ったままソファーに座っていた。

半日後、父さんが戻ってきて「戦争に勝てたよ」と嬉しそうに報告した。

◇　◇　◇

ジルニア王国は、非常に混乱していた。

攻めてきたはずの魔帝国が降伏し、全権をジルニア王国に受け渡すと言ってきたからだ。理由は、〝海獣に襲われ、魔法騎士のトップが亡くなったため〟だったらしい。

後からそれを聞いた俺は、皇帝の顔を思い浮かべた。

これで、もしもの時のために作っておいた魔消薬の出番は消えたね。

「……それで、どうなったの？」

俺は近くにいたクロネに尋ねる。ちなみに俺達は今、新たな仲間になったレオン達の歓迎会をしていた。

「ご主人様が命令した通り、皇帝は全てをアリウス王に委《ゆだ》ね、国に帰っていったわ」

「へ～、そうなのか」

そこへ、レオンが話に割って入ってきて、困惑げに聞いてくる。

「俺達は今後何をすればいいんだ？」

「そうだね。冒険者になってもらい、各地で情報収集してほしいかな。これまでクロネにそういう役割をやってもらっていたけど、俺の身の回りの事で精一杯だからね」

「そう思ってるんなら、少しは仕事量を減らせないのかしら？」

クロネに嫌味を言われつつ、俺はレオンの方を見て「どうかな？」と尋ねる。レオンは一瞬考え込んで口を開く。

「まあ、別にいいが。奴隷になった俺が冒険者になれるのか？」

「なれるよ。奴隷でもね」

「なるほどな。情報収集の他には、活動資金でも集めた方がいいのか？」

「まあ、そうだね。でも、俺がもらってるおこづかいって桁がヤバいから、レオン達が頑張らなくても十分なんだよね。だから、無理しないでいいよ」

その後レオン達は、武具を揃えるためにドワーフ達と共に鍛冶場へ行った。

続いて俺は、エルフシスターズに今後の仕事を振った。彼女達にもレオンと同じく冒険者になってもらう事にしたのだ。

それで冒険者しか入れない迷宮に行ってもらい、素材回収をしてもらうよう頼んだ。

「分かりました。お任せください」

「簡単な迷宮があれば難しい迷宮もある。ヤバいのに当たった時は、レオン達を同行させるといい。レオンの実力は凄いからな」

「「「はい！」」」

最後に残ったのは、クロネである。

「それで、私は何をしたらいいのかしら？」

「クロネには、また雑務を頼みたいんだよね」

俺がそう言うと、クロネは分かりやすく嫌そうな顔をした。

それから俺が説明した雑務は、俺の護衛という名目で街に一緒に出てもらう事だった。クロネにとっては意外だったようで、不思議そうな顔をしている。

「私でいいの？　というか、ご主人様は街に出られるの？」

「付き添いがあれば街にも出ていいんだ。とはいえ、城の兵士の付き添いだと、俺の行きたい所に行けなくて」

「……危ない道を渡ろうとしてるんじゃないでしょうね？」

「そんな事しないよ。ただ、俺には目的があって……」

目的――それは、俺が転生してからずっと考えていた事だ。

俺が転生してきた際、神様であるフィーリア様は俺と同郷の者を何人も送ってきたと言っていた。

この世界で、米やラーメンが食べられるのはそのためだ。

そこで俺は、現代にも同郷の転生者がいるはずだと考えた。早速探そうと思ったのだが――俺が転生者である事を言いふらされるのはまずい。

そんなわけで、転生ガチャで〝出生：奴隷〟を引いた者を探してみようと考えたのだ。

クロネが不審げに口にする。

「……まあ、奴隷の私は命令に背《そむ》けないからついて行くけど」

「危ない事はしないよ。街に行く許可が下りたら、呼ぶから待機しておいてね」

「はいはい」

その後、俺は王城に帰宅するのだった。


俺の部屋にはメイドが来ていた。メイドは俺を目にするやいなや、「アキト様、アリウス陛下がお呼びです」と言った。

父さんからの呼び出し？

もしかして戦争の裏で俺が色々動いていた事がバレたか？　いや、でも俺の痕跡は全部消したはず……

俺は少し不安に思いながらも、父さんの部屋へ向かった。

父さんが神妙な面持ちで言う。

「アキト、申し訳ないんだが……溜まった書類を片付けるの、手伝ってくれないか？」

「……」

緊張していたのもあって、父さんの言葉を理解するのに数秒かかった。

つまり父さんは、戦争が終わった事によって生まれた大量の書類仕事の手伝いとして、俺を呼んだらしい。

バレてなくて安堵《あんど》したけど、これはこれで……

まあ、レオン達のためにも少しでも金を作っておくか。

俺は大量の紙束をもらうと、ソファーに座って仕事を始めるのだった。

第12話　奴隷増員

魔帝国との戦争が終わって数日経った。

同盟国に戦争の協力要請に行っていたルーフェリア家が、王城に報告にやって来た。急に戦争が終結したのを知らされ、アリスのお父さんであるリベルトさんは唖然としていたらしい。

リベルトさんが父さんと話している間、アリスが俺の部屋に遊びに来てくれた。

「アリス、おかえり」

「ただいま、アキト君」

アリスは、たくさんの土産話をしてくれた。

食べた事もない食べ物、見た事もない景色。

俺は羨ましいと思いつつ、アリスの話を熱心に聞いた。

「楽しんだんだね」

「うん、楽しかったよ！　いつかアキト君とも行ってみたいね」

「そうだね」

その後、父さんとの話し合いを終えたリベルトさんがアリスを迎えに来た。アリスが帰っていった後、俺はクロネを呼び出す。

クロネが俺をからかうように言う。

「あら？　さっきまで楽しそうに女の子と話していたのに、もういいのかしら？」

「アリスはもう帰宅する時間だったんだよ。それより、父さんに話を通して明日一日出掛けていい事になったから、準備しておくんだぞ」

「は〜い」

何だか最近、クロネの態度が軽くなってきたな。

久しぶりに引き締めが必要だろうか。そう思った俺は、異空間からクロネのために用意しておいた、おつかいメモを取り出す。

「はい、クロネ。これを明日までに揃えておくんだよ」

「えっ？　……って、ちょっと待ちなさいよ。何よ、この馬鹿みたいな量は？」

「ほ〜ら、早く行かないとお店が閉まっちゃうよ〜」

クロネは舌打ちをして部屋から消えた。

それから俺は、部屋を訪れてくれたエリク兄さんとエミリア姉さんと遊んで、楽しい時間を過ごした。


翌日、俺はおつかいを終えて疲れ気味のクロネと王都の街にやって来た。

そして、クロネとレオンの奴隷契約をやってくれた奴隷商店、ロックス商会へ向かう。

「これはこれは、あなた様が第二王子アキト様ですか。ウォルブ様から聞いております。我が商会をご贔屓《ひいき》にしていただき、ありがとうございます。私が商会長のクレバー・ロックスです」

店の中に入ると、クレバーさんから挨拶された。何度も世話になっているのに、店の主人の彼とは初対面だ。

俺は「こちらこそお世話になっております」と言って手を差し出す。

「それで、奴隷を見たいと事前に連絡がありましたが……どのような奴隷をお求めでしょうか？」

クレバーさんに尋ねられ、俺は本音を隠しつつ答える。

「実はまだ決めていないんです。いい奴隷がいたら買いたいと思っていて……選ぶ際に【鑑定】を使っても構いませんか？」

「ほお、そのお歳で【鑑定】を使われるのですか。素晴らしい才能ですね。勿論、使用して構いませんよ」

それからクレバーさんに連れられ、奴隷部屋にやって来た。

奴隷商クレバー・ロックスは、王都でも有名な奴隷商だ。奴隷神から加護を受けたというクレバーさんの【契約魔法】はスキルレベルＭＡＸで、そんな商会だからこそ、扱っている奴隷はすぐに売れてしまう。

なので、俺が求める奴隷がいる確率は低いかもしれないけど……

「まずは、戦争奴隷からお見せしますね」

「はい、お願いします」

クレバーさんに先導され、戦争奴隷がいるという部屋に入った。

数名で一つの部屋が与えられてはいたが、清潔感のある部屋だった。奴隷とはいえ、ちゃんとした待遇で扱われているようだ。

奴隷を道具のようにしか見てない奴隷商が少なくない中、ロックス商会は奴隷をちゃんと人として扱っているらしい。

「どうですか、アキト様？」

「素晴らしいですね。どの奴隷も健康そうです。もう少し、見て回ってもいいですか？」

「はい」

クレバーさんから許可をもらった俺は、時間をかけて奴隷を見ていった。

転生者を見分けるため、【鑑定】でステータスを見て、十個のスキルと固有能力がある者を選んでいく。転生者なら、俺と同じように十連ガチャをしているはずなのだ。

そんな感じで探し、戦争奴隷の中に候補者を三名見つけた。

「この三人をキープして、他にも見て回りたいんですが……」

「了解いたしました。君達、アキト様が選んだ奴隷を別室に移動させておいて」

「「はい」」

クレバーさんの部下が指示に従い、俺の選んだ三名を連れていく。

その後、借金奴隷、身売奴隷を見させてもらい、候補者を選出していった。俺が選んだのは、合計で二十名程になった。

「クレバーさん、ここからまた選んでもいいですか？」

「はい、分かりました。じっくりお考えください」

そこで俺は、あらかじめ用意しておいた紙を取り出す。

紙には〝俺が合図したら、右手を上げ、左足を上げろ〟と日本語で書いてある。それを奴隷達一人一人見せていった後、俺は彼らに告げる。

「はい、どうぞ！」

三人が指示した通りのポーズを取った。

いや、転生者は多いと聞いていたが、流石に多いな。ともかくこの三名の中だと……俺が求めている能力を持っているのは、犬人族の男かな。

俺はクレバーさんに言う。

「クレバーさん、その変なポーズを取ってる犬人族の奴隷を購入します」

「は、はぁ？　……了解いたしました」

クレバーさんは不思議そうにしていた。

俺が買った犬人族の奴隷は、ドルグという名前だった。

これで、目当ての転生者は一人手に入ったけど、色々考えると奴隷はまだまだ足りないんだよな。

「すみませんが、他の奴隷商も回ってみようかなと思ってるんです。もし良かったら、紹介状を書いてもらえませんか？」

「いいですよ。アキト様にはいつもお世話になっておりますし」

クレバーさんは、ロックス商会と提携しているという全ての奴隷商の紹介状を書いてくれた。俺は礼を言って、次の奴隷商に向かう。

紹介状を書いてもらったおかげでスムーズに店を回れたが、結局、転生者の奴隷は一人も見つけられなかった。クレバーさんのお店はやっぱり凄かったんだな。

まあ仕方ない。ドルグ一人でも良い奴隷を見つけられた事に満足して、俺は拠点に帰宅した。

「おかえりなさいです。ご主人様」

「ただいま、エマ。これが新しい奴隷だ。服の用意と部屋の案内を頼む」

「分かりました」

エマにドルグを紹介すると、彼女はドルグを連れていった。

俺はリビングに移動する。

そこでは、レオン達が作戦会議をしていた。ちなみに、彼らは冒険者の登録を済ませてくれたらしい。

レオンが俺に気付き、話しかけてくる。

「アキト、帰ってきたのか？」

「うん。奴隷を買ってきたんだ。収穫は一人だけだったけど、きっと使える奴だと思うよ。後で挨拶させるから、先輩として面倒見てね」

「ああ、了解」

それからしばらくして、服を着替えたドルグがリビングにやって来た。俺はエマに、他のみんなも集めるように指示を出す。

「ドワーフズとエルフシスターズを呼んできて」

「分かりました」

すぐに全員揃った。

俺がドルグに自己紹介をするように言うと、彼は礼儀正しく頭を下げ、ゆっくりと話し出した。

「この度、アキト様の奴隷となりました、犬人族のドルグと申します。年齢は三十を超えており、戦闘は得意ではありません。戦闘以外のお仕事で、皆様の力になれますよう頑張りたいと思っています」

続けて、俺はみんなに言う。

「というわけで、新しく仲間になったドルグだ。基本的にドルグには料理をお願いしようと思っている」

そう、ドルグを購入した理由は、食環境の改善だ。

既に米もラーメンもこの世界にはあるが、他の料理も作ってみたいと考えたのだ。

その一つが、納豆である。

ドルグは転生者であるだけでなく、スキルに【調理】を持っていた。更に固有能力に【食材加工】まであったので、この世界にまだない日本食を作るのにうってつけだと思ったのだ。

「ドルグの【調理】スキルは既に4だ。これから色んな料理が食べられるぞ！」

「「「おぉ！」」」

俺の言葉にみんなが歓声を上げる。

その一方で、これまで料理を任されていたエマが落ち込んでいた。俺は急いで、エマのフォローをする。

「エマの料理に不満があったからじゃないよ」

「では、どうして新しい料理人を……」

「エマの料理は美味い。でも、最近のエマは働きすぎだ」

「ッ！」

実際、拠点には奴隷だけでなく従魔まで増えた。

その負担は全てエマに行っていた。

以前は、エマの手際があまりにもいいので、彼女の家事仕事がないくらいだったが、最近は仕事が多すぎて手いっぱいになっている。

俺はエマに優しく言う。

「俺が無理して働いてほしいと思っているのは、クロネとレオンだけだ。エマには無理してほしくない」

「ご主人様……」

感激するエマの横で、レオンとクロネが表情を歪《ゆが》める。

「なあ、クロネ。今サラッと酷い事言ってなかったか？」

「言ってたわ。国の王子様とあろう方が、差別するなんて」

俺は悪そうな笑みを浮かべて、冗談交じりに言う。

「俺に負けた元暗殺者と元魔帝国兵が何を言っている？　エマ達は借金奴隷だ。これは差別ではなく区別だよ」

「「チッ」」

クロネとレオンが揃って舌打ちをした。

そんな様子を、ドルグは困惑げに見ていた。

ドルグは生まれながらに奴隷で、これまでずっと色んな主のもとで働いてきたらしい。それでも、俺とクロネ達のような関係は見た事なかったようだ。

俺はドルグに言う。

「エマは俺に敬語を使っているが、ドルグは好きにしていい。俺に対しても他の奴らに対しても、敬語はしなくていいから」

「い、いえ、私も敬語を使わせてもらいます。と言いますか、私は奴隷生活が長く、そちらの方が性に合っていますので」

「そうか。まあこれから、よろしくな」

「はい！」

こうして新たな仲間が加わった。

ドルグが来て数日後。

ドルグの料理の腕に負けを認めたエマが、彼に弟子入りをしたと聞いた。ともかくそんなふうにして、二人は仲良くしているらしかった。

◇　◇　◇

王城の自室で、アリスの勉強を見ている。

アリスは帰国してからというもの、今まで以上に勉強にやる気を出していた。既に二年生までの範囲は終わっている。数学はルーク以上にできるかもしれないな。

俺は熱心に勉強を続けるアリスに告げる。

「アリス、今日はここまでにしようか」

「えっ、もう終わりなの？」

「ああ、外を見たら分かると思うけど、もう日が暮れているだろ？　そろそろリベルトさんが迎えに来るよ」

「……は～い」

アリスは残念そうに返事をして、勉強道具を片付けて帰っていった。

その後、部屋でゆっくりと寛《くつろ》いでいるとクロネがやって来た。クロネは何故かライムを連れている。

「どうした？」

「どうしたって、ご主人様の大切な従魔が寂しがってるんだよ。そのせいで暴れてたから、連れてきたというわけ」

「あっ」

確かに、ライムの事をすっかり忘れていたように思う。

クロネの腕の中で大人しくしていたライムが、俺の頭の上に勢いよく飛び乗ってくる。そしてピョンピョンと跳ねた。

「何で来なかったんだ！」って抗議してるのか……

「ごめんなライム。最近は色々と忙しくて、会いに行けなかったんだ」

「ぴ～」

スライムなんて従魔にして何の意味があるのかと疑問に思ってたけど、しかしこの感触……従魔にして良かったな。

俺はライムを抱きしめ、その感触に浸《ひた》る。

しばらくそうしていると、突然部屋の扉がノックされた。俺に奴隷と従魔がいる事がバレるとまずいので、クロネ達には隠れてもらう。

入ってきたのは、爺ちゃんだった。そういえば戦争以来、爺ちゃんはずっと姿を消していたな。

「爺ちゃん、久しぶり」

「うむ、久しぶりじゃのう。それに、アキトの奴隷と従魔も久しぶりじゃのう」

そりゃ、爺ちゃんからは隠れられないよな。

クロネとライムがひょっこり現れる。

「お久しぶりで～す」

「ぴ～」

クロネはライムと共に出てきた。

ちなみに家族の中で、俺が奴隷と従魔を従えている事を知っているのは爺ちゃんだけだ。俺は爺ちゃんに尋ねる。

「最近、見なかったけど、何処かに行ってたの？」

「うむ、ちょっと友人の所で気晴らしをしておったんじゃ。戦争で活躍の場がなかったからのう。海獣の奴らを滅ぼそうとしたんじゃが……アリウスに止められての」

「……そうだったんだ」

俺が爺ちゃんの活躍の場を奪ってしまったせいで、海獣に種族存亡の危機が訪れていたようだ。

俺は冷や汗が流れるのを感じつつ、爺ちゃんに向き合う。

「それで爺ちゃん。急にどうしたの？」

「うむ。実はアキトにな、お土産を持ってきたのじゃ」

「お土産？」

俺は爺ちゃんから箱を受け取り、すぐにそれを開けてみた。

中に入っていたのは、スキルブックだった。

「これ、何のスキルなの？」

「開けてからのお楽しみじゃよ。アキトが好きそうなスキルじゃったから、もらってきたんじゃ」

俺はすぐさまスキルブックを手に取ると、そのまま開いてみた。

頭の中に、スキルの使い方の情報が一気に流れる。

俺は爺ちゃんに「ステータスを確認するね」と言って、自分だけ見られる設定にしてステータスを開いた。

名　前：アキト・フォン・ジルニア
年　齢：5
種　族：クォーターエルフ
身　分：王族
性　別：男
属　性：全

レベル：56
筋　力：2147
魔　力：5238
敏　捷：2314
　運　：78
スキル：【鑑定：MAX】【剣術：3】【身体能力強化：4】
　　　　【気配察知：MAX】【全属性魔法：3】【魔法強化：MAX】
　　　　【無詠唱：MAX】【念力：MAX】【魔力探知：MAX】
　　　　【付与術：MAX】【偽装：MAX】【信仰心：4】
　　　　【錬金術：MAX】【調理：2】【手芸：2】
　　　　【使役術：2】【技能貸与：MAX】【念話：1】
固有能力：【超成長】【魔導の才】【武道の才】
　　　　【全言語】【図書館EX】【技能取得率上昇】
称　号：努力者　勉強家　従魔使い
加　護：フィーリアの加護

【念話】というスキルが新しく追加されていた。

早速【鑑定】でそのスキルを調べみる。

どうやら話をしたい対象の魔力を知っていれば、どんなに離れた相手でも会話できるスキルのようだ。魔力の感じ方は一人一人違うので、それを思いながら話しかければいいのだろう。

爺ちゃんがニコニコしながら言う。

「アキトはそこにいる奴隷以外にも、多くの奴隷を持っているのじゃろう？　このスキルがあれば、アリウス達にバレずに指示を出せると思ってのう」

「……き、気付いていたんだ」

爺ちゃんは何でもお見通しだ。

確かに、たくさんの奴隷を所有している俺向きのスキルかも。

「儂くらいになれば、広範囲の探知も可能じゃから、そのくらい朝飯前じゃ。まあ、今はアリウス達に知られたくないようじゃから、儂も黙っておくがの」

「ありがとう、爺ちゃん」

俺が爺ちゃんにお礼を言うと、爺ちゃんは嬉しそうに笑みを浮かべた。

「アキトが喜んでくれて良かったのじゃ」

それから爺ちゃんはニカッと笑って去っていった。

◇　◇　◇

【念話】を手に入れた俺は、遠距離から指示が出せるようになった。おかげで、いつでもクロネにおつかいを頼める。

『だからって、毎日毎日頼むのはどうなのよ？』

「別にいいだろ、奴隷なんだから。奴隷は主人の言う事を聞くものだよ？」

そんなふうにクロネをイジっていると、クロネが口答えをしてきそうになったので、慌てて念話を切った。

こちらが切れば、向こうから話しかけられる事はない。

この【念話】、凄く使い勝手がいいね。

魔力を知っている者であれば誰でも話しかけられるとの事だったので、別の人物でも試してみる。

今はジルニア王国に来ているはずの、魔帝国の皇帝に念話をかけると――

『は、はい、アキト様！　私、ちゃんとジルニア国王様の言う事を聞いております！』

凄く怯えた反応だった。

俺、そんなに怖い思いさせたかな。

その後、他の奴隷達とも【念話】をし、数日かけて一気にスキルレベルをＭＡＸまで上げた。

それから数日後。

「レベルが上がれば距離も伸びると説明には書いてあったけど、これって大陸間でも使えるのかな？」

そう思った俺は、帰国した皇帝に【念話】をかけてみた。

『は、はい！　きちんとジルニア王国からの指示に従っています。ですので、どうか魔消薬はおやめくださいぃぃ……』

やはり怯え方が尋常じゃない。

可哀そうなので、しばらく皇帝にかけるのはやめておこう。

ちなみに【念話】を鍛えている最中も、アリスの勉強はちゃんと見ていた。ここ最近のやる気が凄かったアリスだけど、それには理由があったようだ。

なんと夏休みが終わったら、俺と同じように学園の試験を受けるらしい。

「アリス、ここは間違ってるよ」

「えっ？　あっ、本当だ。アキト君、パッと見ただけで分かるなんて凄いね」

いや、すぐに理解できるアリスも優秀なんだけどね。

そんな他愛もない日々を過ごし、夏休みはついに折り返し地点となった。夏休みは二ヵ月あるので、残りは三十日だ。

第13話　家族旅行

父さんの部屋に来た俺は、仕事をしていた父さんに話しかける。

「戦争も終わって、最近は仕事も落ち着いたよね？」

「そうだね。魔帝国とのやり取りも大分片付いてきたからね」

そこで、俺は思いきって提案してみる。

「なら、旅行に行かない？」

父さんは一瞬驚いていたが、優しい笑みを浮かべて言う。

「そういえば、アキトが生まれてからずっと忙しかったから、一度も旅行に行けてなかったね。エリク達も随分と連れていってなかったし……後でエレミアに話してみるよ」

「ほんとッ？」

「ああ、アキトにはいつも助けられているしね。少しくらいアキトの望みを叶えてやらないと、親として失格だから」

父さんは笑顔でそう言ってくれた。

その日の夕食の席で、早速父さんは母さんに旅行の話を切り出した。

するると、母さんも乗り気だった。

「アキトが生まれてから何処にも行かせてなかったものね。お義母さん、お義父さんも行きますか？」

婆ちゃんと爺ちゃんが答える。

「そうね。孫達と旅行するなんて久しぶりね。私は賛成よ」

「儂も賛成じゃな。そうじゃ、この季節ならスルートの街がおすすめじゃな。海で遊ぶ事もできるからのう」

スルートはジルニア王国の端にある、海に面している街だ。

ご飯が美味しく海で遊べるため、リゾート地としてとても有名で、遥か遠くの国からも旅行客が来たりする。

「いいね。アキト達もスルートの街でいいかい？」

母さんがそう問うと、僕、アミリス姉さん、エリク兄さんが返答する。

「うん！」

「私もそこで良いよ～」

「僕もスルートの街は数回しか行った事ないから良いよ～」

父さんが嬉しそうに言う。

「それじゃあそうしよう！　後でウォルブと話をして細かい日程調整ができたら伝えるね」

その後、家族でスルートの街で何をしようかと盛り上がるのだった。


『……それで、嬉しくて私に【念話】してきたのは分かったんだけど……もう夜遅いから切ってもらってもいいかしら？』

食後、風呂に入ってから自室に戻った俺は、嬉しさのあまりクロネに【念話】をかけて、長々話し続けていた。

「え～、いいじゃん。俺の喜びを知ってほしいんだよ」

『ず～っと、同じ内容を聞かされる身にもなってくれないかしら？　三時間もよ？　後はレオンにでも話したらどうなの？』

「レオンにならさっき話したんだよ。風呂で会ったからさ。それでレオンに『後はクロネに話してくれないか』って言われて、こうして話してるんだよ」

『レオンは既に逃げていたのね……』

クロネは寝ると言い張ったので、俺は仕方なく【念話】を切る事にした。

しかしまさか、本当に旅行に行けるなんて思いもしなかったな。それも海だ。今から楽しみだな～。

俺はふと気付いて呟く。

「そういえば、この世界に水着ってあるのだろうか？」

そんな心配をしつつも、旅行に行けるのが楽しみすぎな俺は、夜遅い時間まで眠る事ができなかった。


「えっ、それじゃアキト君、スルートの街に行っちゃうの？」

翌日、アリスとの勉強中に旅行の話をすると、アリスは驚いていた。

「ああ、俺が生まれてから家族みんなずっと忙しくて、家族揃って旅行する事なんてなかったみたいでさ。それで折角なら、リゾート地のスルートの街に行こうかって話になったんだよ。アリスはスルートの街に行った事ある？」

「……ううん、行った事ないよ。でも行ってみたいな～ってずっと思ってるかな。景色が綺麗ってお母様も言ってたから……」

そう口にするアリスは少し寂しそうだった。

そういえば、アリスは俺以外の友達がいないとリベルトさんは言っていたっけ。折角一緒に遊べるようになったのに、何か悪い事しちゃったかな。

「ちゃんとお土産は買ってくるよ。楽しみにしてて」

「……うん。楽しみにしておくね」

アリスは何か言いたげだったけど、勉強を再開した。

更に三日後。父さんの仕事の調整が上手くいき、明日から二泊三日の家族旅行に行ける事になった。

その日の夜、俺は拠点でみんなを集めて言う。

「というわけで、休暇を与えようと思います」

「「えっ？」」

クロネとレオンは驚いたような顔をしていた。

まあ、この二人にはずっと仕事を押しつけ続けていたから、「休暇」と言われても信じられないんだろうな。

「アキト。お前、頭でも打ったんじゃないか？」

「ご主人様、いつものご主人様に戻ってよ！」

いやでも、この反応はおかしいだろ。

「お、お前らな……」

ようし、お前らがその気ならこっちにも考えがあるぞ。

「うん、クロネ、レオン。お前らは、俺の旅行について来い！　向こうで荷物持ちをしてもらう。他のメンバーはこの三日、自由に過ごして良いぞ！」

俺がそう言うと、クロネとレオンが声を上げる。

「はぁ！　ちょ、待ってよ。何でそうなるのよ！」

「そうだぞ！　何で俺らだけ、クロネだけで十分だろ！」

「ちょ!?　あたしを生贄《いけにえ》にしようとしないでよ」

クロネとレオンが揉め出したよ。

でもさっき、〝いつものご主人様〟に戻れと言ったじゃないか。だから、休みなしにしたのに、何を慌ててるんだろうね？

俺はクロネとレオンは放っておいて、エマ達に向き合う。

「エマ達にはお金を渡しておくね。無駄遣いするなよ」

「い、いいんですか？　私達、奴隷なんですよ？」

「ああ、構わない。俺に買われてすぐに戦争の準備が始まって、ずっと忙しかったからな。この機会に十分休むんだぞ」

俺がそう言うと、エマ達は綺麗に頭を下げた。

そんな中、俺の後ろでレオンとクロネがぶつぶつ言っている。

「さ、さっきのは冗談よね」

「だよな」

俺は二人に向かって笑みを向ける。

「はっはっはっ。良かったな～、レオン、クロネ。一緒に海の景色を堪能しようか」

「折角の休みが……」

「ああ、自由な時間が……」

レオンとクロネは膝から崩れ落ち、うなだれてしまった。

「俺は家族と行くから、お前らは別ルートでちゃんと来るんだぞ」

俺はそう言って家に戻った。

まあ、あんな事を言ったけど、奴隷の中でも特に働き者の二人には感謝している。だから、リゾート地で休息のプレゼントをしようと考えたのだ。

その後、ベッドに横になったけど、明日が楽しみすぎてなかなか眠れなかった。しかし寝ないと旅行を楽しめないと思い、何とかして眠った。

◇　◇　◇

馬車で行くのかなと思っていたけど——なんと、魔帝国からいただいた戦利品の飛行船で行く事になった。

「わ～、凄いね、アキト！」

「アキトちゃん、景色凄いね～！」

空からの景色に、エリク兄さんとアミリス姉さんが声を上げる。

一方、俺はそれ程でもなかった。

いや、俺は自力で飛べるし、飛行船にも乗った事があるからね。

だが、楽しそうにしている兄さん達の前で仏頂面《ぶっちょうづら》は良くないので、楽しそうな表情を作ってニコニコしていた。

そこへ、父さんがやって来る。

「あまり身を乗り出しちゃだめだよ。危ないから」

それから父さんは空の方に目をやり、「良い眺めだね〜」と言った。俺は父さんと同じように空を見つめつつ尋ねる。

「スルートの街までどのくらいかかるの？」

「この速さなら日暮れ前には着くかな？　馬車だと一日かかるけど、空には何の障害物もないからね」

「それじゃ、着いたら少しだけ海で遊べそうだね」

「初日に遊びすぎないようにね」

父さんはちょっとだけ心配そうに言った。

数時間後、父さんの言った通りスルートの街に到着した。

宿泊施設に荷物を置くと、俺はすぐさまプライベートビーチに走っていく。

旅行に行く前、この世界に水着があるのか心配していたけどちゃんとあった。

それも前世に負けないくらい種類が多い。きっと転生者が関わっているんだろうな。ちなみに俺が用意してきたのは、スタンダードな子供用の海水パンツだ。

アミリス姉さんが俺の手を引いて言う。

「アキトちゃん、海に早く入りに行こう～」

「その前に、ちゃんと準備体操しないといけないよ」

「アキトの言う通りだ。アミリス、体操を怠っちゃだめだよ」

俺とエリク兄さんに注意され、アミリス姉さんはてへっと笑みを浮かべた。それからみんなで一緒に準備体操をし、念願の海に入った。

あぁ～、久しぶりの海。気持ちいいな～。

久しぶりの海を全力で楽しんでいると、姉さんが声をかけてくる。

「アキトちゃん、泳げたの？」

……やっべ！

普通に泳いでる姿を見せちまった！

「あっ、ほら！　家の風呂が広くてたまに泳ぐ練習してたんだ！」

エリク兄さんも不思議そうな顔をしていたが、俺の言い訳に納得してくれたようだ。

「ああ、成程。僕も昔は、家のお風呂で泳いでたね」

「私も～。でも、アキトちゃん泳ぐの上手いね～。みんなで競争でもする？」

アミリス姉さんの意見に、俺とエリク兄さんは賛成し、競争する事になった。子供の遊びなので魔法は禁止。審判は父さんにしてもらう事になった。

そうして、競泳の試合が始まる。

うぉぉぉぉ！

転生者の意地、見せてやらぁぁぁ！


「一位エリク、二位アミリス、三位はアキト」

うん。五歳と十二歳の体格の差は、意地ではどうしようもありませんでした。

俺はトボトボと歩いて、浜辺で寛ぐ母さん達の所にやって来る。

「あらあら、負けて悔しいのね」

母さんは俺を優しく抱き、よしよしと頭を撫でた。

海から上がってきたエリク兄さんが謝ってくる。

「アキト、ごめんね」

「ううん、勝負で手加減される方が嫌だから。でもいつか絶対に勝つからね！」

「アキトにはすぐに追い越されそうだよ」

すると、アミリス姉さんまでこっちに来た。

「アキトちゃん、次はビーチバレーで遊ぼう」

俺は姉さんを見て、いつもと違って子供みたいだと思い、笑ってしまった。エリク兄さんも一緒になって笑っている。

アミリス姉さんは困惑していた。

「ど、どうしたの？」

「何でもないよ～。エリク兄さん、行こうか」

「そうだね。それじゃ、アミリスとアキトで組んでもらって、僕は一人でやるよ」

それから俺達は仲良く遊びまくった。

そうして夕日が沈む頃には、浜辺で三人並んで眠っていた。


ん～、遊んで疲れたから風呂が一段と気持ちいいな。

俺は風呂に浸《つ》かっている。

俺達が泊まっている宿泊施設には、山奥から温泉を引いているという大浴場があった。温泉なので肌がスベスベになる。

壁の向こうの女湯からは、母さんと姉さんの楽しそうな話し声が聞こえていた。

ちょっとのぼせそうになっていると、エリク兄さんが話しかけてくる。

「アキト、横いい？」

「いいよ～。改めて言うのも変だけど、エリク兄さんって体つきいいよね」

「そ、そうかな？」

エリク兄さんは十二歳なのに、身長が百七十センチメートルを超えている。

それに、剣術や体術で鍛えるだけあってガタイがいい。

これは俺もそうなんだけど、エルフ族の血が流れているせいで、体ができるのが普通の人より早いらしい。

五歳の俺もアリスより一回り大きい。以前の身体検査では、身長が百三十センチメートルと言われて驚いた。

エリク兄さんが少し照れながら話す。

「剣術を頑張ってるから、そのおかげで筋肉がついてるんだよ」

「俺も筋肉つけようかな」

「アキトはそのままの方が良いよ。僕みたいに筋肉をつけたら、アミリスがきっと怒ると思うよ」

アミリス姉さんは筋肉がついている人は嫌いらしい。

自分で言うのも何だけど、俺のように小さくて可愛げの男の子がタイプらしくて、兄さんには「それ以上筋肉をつけたら嫌いになる」と言っているようだ。

「アキトには悪いけど、アミリスがアキト離れできるまで、そのままでいてやってよ」

「……まだ五歳だから、どうなるか分からないけどね。兄さん以上に身長が伸びるかもしれないし」

「ふふ、そうだね。色んな能力値が高いアキトになら、超えられてもおかしくないよ」

エリク兄さんと会話をしていたら、父さんと爺ちゃんもお風呂にやって来た。二人を交えて、四人で色んな話に花を咲かせる。

その際、父さんの黒歴史の話題がポロッと出そうになった。

父さんは即座に話題を切り替えたんだけど……本当に家族にそうした話は聞かれたくないんだね。

父さんの慌てようといったら凄かったよ。

「あ～、気持ち良かった～」

「だね～、今度はちゃんとした温泉に行きたいな～」

「いいね！　ねえ父さん、次の家族旅行は温泉に行こうよ！」

エリク兄さんと話しつつ、俺が父さんに向かってそう提案してみると、それに爺ちゃんも乗ってくる。

「おぉ、いいのう。儂、おすすめの温泉を知っておるぞ」

「温泉か……なら、冬の休みに行ってみようか」

父さんも満更でもない感じだ。もし、本当に冬に行けたら最高だな。

そんなふうに話をしながら、ふと【念話】でクロネとレオンに連絡を取る。

実はレオンは以前この街に来た事があったらしく、一度訪れた場所を再訪できる転移魔法で、既に街に入っているとの事だった。

「成程ね。んじゃ、そのままリゾートを堪能しろ」

俺が指示を出すと、二人は喜んでいた。

◇◇◇

スルートの街、二日目。

今日は街に出る事にした。父さんからおこづかいをもらって、エリク兄さんとアミリス姉さんと三人でお店を見て回る。

「アキト、あれ食べてみたいか？」

「うん！　美味しそうな匂いだし、食べてみたい！」

「私も欲しい～」

俺達は、この地域ならではの食材が並ぶ出店で買い食いをした。

その時、俺達と同じように街を散策するクロネとレオンを見つける。あの二人、何だかんだ仲良さそうにしてるよな。

二人の事はさておき、それからも俺達は色んな店を回った。

そんなふうにして時は経ち、お昼になった。

買い食いをしながら散策していたけど、それでも何か足りない。ガッツリした物が食べたいなと思う。

エリク兄さんが行った事があるという店に行く。

そこには偶然、他の家族も揃っていて、一緒にお昼ご飯を食べようとなった。父さんが尋ねてくる。

「どうだったアキト、この街は？」

「賑やかな街だね。王都よりこっちの方が人が多いイメージ」

「特にこの季節は他国からも人が来るから、賑わい度でいえば王都より上かもしれないね」

父さんは嬉しそうに言った。

それから俺達は美味しい料理を食べ、満腹になった。

……買い食いをしていたせいもあって、ちょっと食べすぎてしまったな。すぐには動けないので、店で休む事にする。

家族で会話をしていると、ひょんな事からアリスの話になった。

母さんが尋ねてくる。

「そういえばアキト。アリスちゃん、学園の特別試験を受けるのよね？」

「そうだよ。勉強意欲が湧いたのか、目に見えて頑張っててさ」

「ふふふ、そうなのね～。ところで、親子は似るって言われているのに、アリウスとアキトは本当に正反対よね」

母さんがそう言うと、エリク兄さんが「えっ？」と反応した。

「あ～っと、エレミア。買いたいって言ってたバッグをまだ買ってないだろう？　買いに行こうか！」

父さんは全員分の会計を済ませると、母さんを連れて消えていった。

エリク兄さんが婆ちゃんに尋ねる。

「父さん、逃げたよね？」

「うふふ、人には言えない事が一つや二つあるのよ、エリク」

アミリス姉さんも「どうしたんだろう？」といった視線を、父さん達が出ていった扉の方に向けていた。


それから、俺とエリク兄さんとアミリス姉さんは再び街に繰り出した。

エリク兄さんがちょっとした疑問を口にする。

「……そういえば、父さんは母さんと一緒にいて、僕達は三人で行動してるけど、爺ちゃんと婆ちゃんってどうしてるのかな？」

「「あっ……」」

家でも爺ちゃんと婆ちゃんが一緒にいるのを見ない。かといって、仲が悪いとは聞いた事がないし……

エリク兄さんがいたずらでもするように言う。

「探してみる？」

「そうね。気になるわね……」

「俺も気になる」

こうして俺達は、祖父母の実態を探るため、街中を探し始めた。

しかし、一時間程探し回っても見つけられない。

「何処にいるんだろう？」

「婆ちゃんだけなら服屋さんとかに行きそうだけど、爺ちゃんが一緒となると……」

「そうよね〜。お爺ちゃんって何を考えてるのか分かんないしね〜」

そんなふうに悩んでいると、微かに爺ちゃんの魔力を感じた。

俺は二人に告げる。

「エリク兄さん、アミリス姉さん。こっちから爺ちゃんの魔力を感じたよ！」

「流石、アキト！」

「アキトちゃん、凄い！」

俺が指さした方へ、三人で向かう。

段々建物の数が少なくなっていき、草の壁に囲まれた庭園にやって来る。壁伝いに歩き、門のような物を見つけた。

中をこっそり覗くと、綺麗な花園があった。

爺ちゃんの魔力は、間違いなくそこから感じられる。

「この中に爺ちゃんが？」

エリク兄さんが不審げにしているので、俺は更に奥を見るようにして言う。

「……エリク兄さん、アミリス姉さん。あそこ見て」

「「ッ！」」

そこには、ベンチに仲良く隣同士で座り、楽しそうに話す爺ちゃんと婆ちゃんがいた。家ではあんな様子、見せた事がない。

俺達は驚き、言葉を失っていた。

「もしかして爺ちゃん。俺達に仲の良い姿を見せるのが嫌で、隠れて婆ちゃんと話していたのかな？」

俺がそう言うと、エリク兄さんが口を開く。

「爺ちゃんと婆ちゃんが一緒の部屋から出てきたのを一度だけ見た事があるよ。その時、僕がいたのに気が付いて……それっきりなかったけど」

爺ちゃんと婆ちゃんの意外な仲の良さを見てしまった俺達は、その場をそそくさと退散した。決して悪い事でも何でもないんだけど、この事は秘密にしようと決めた。

エリク兄さんとアミリス姉さんが感慨深げに言う。

「まさか、爺ちゃんにあんな一面があったとは。ただの戦闘狂じゃないんだね」

「お爺ちゃんって、狩りが好きなだけの人と思ってた」

最強の魔導士として、国中に名を馳せる爺ちゃん。

そんな爺ちゃんの秘密を知った事が、俺達の一番の思い出になったかな。

第14話　夏休みのちょっとした課題

旅行から帰ってきた俺の日常はいつも通りだ。

友人と趣味の話をしたり、遊んだり、勉強したり。たまに魔法の訓練もしているので、ステータスはしっかり上がっている。

名　前：アキト・フォン・ジルニア
年　齢：5

種　族　：クォーターエルフ
身　分　：王族
性　別　：男
属　性　：全
レベル　：56
筋　力　：2197
魔　力　：5267
敏　捷　：2371
　運　　：78
スキル　：【鑑定：MAX】【剣術：4】【身体能力強化：4】
　　　　　【気配察知：MAX】【全属性魔法：4】【魔法強化：MAX】
　　　　　【無詠唱：MAX】【念力：MAX】【魔力探知：MAX】
　　　　　【付与術：MAX】【偽装：MAX】【信仰心：4】
　　　　　【錬金術：MAX】【調理：2】【手芸：2】
　　　　　【使役術：2】【技能貸与：MAX】【念話：MAX】
固有能力：【超成長】【魔導の才】【武道の才】
　　　　　【全言語】【図書館EX】【技能取得率上昇】

称　号　：努力者　勉強家　従魔使い
加　護　：フィーリアの加護

レベル上げはしてないが、スキルの方はちょいちょい上がってる。

ふと、〝ある事〟を思い出した俺は、久しぶりに拠点にやって来た。そうして早速、ドルグを呼びつける。

「ドルグ、ちょっといいか？」

「はい、何でしょうか？」

「ちょっと、ついて来てくれ」

ドルグを俺の研究室に連れてきた。

「ドルグ、単刀直入に聞くが、お前は転生者だよな？」

「えっ？」

驚いた表情をしたドルグ。

だが、一拍だけ置いて「はい」と返事をした。ドルグが俺に尋ねてくる。

「という事は、アキト様も転生者なのでございましょうか？」

「あぁ、転生ガチャをした転生者だ」

「おぉ、懐かしい。私も転生ガチャを引いたんです。それで、その結果に〝出生：奴隷〟とありまして、生まれてからずっと奴隷生活を送っているわけです」

「やっぱり、そうだったか……」

俺の思っていた通り、ドルグは転生ガチャで〝出生：奴隷〟を引いた転生者だった。

「しかし、アキト様も転生者だったんですね。私、てっきり日本語ができるだけなのかと思っておりました」

「ドルグを買った喜びで、説明するのを忘れてたんだ」

それから俺は、ドルグの過去を詳しく聞いた。

ドルグの前世は俺と同じ日本人で、料亭で働いていたらしい。

料亭といっても高級な所ではなく、ちょっと良い上級と中級の間くらいとの事。そこで六十歳まで働いていたのだが……体調を崩していたドルグは、仕事帰りに橋から川に落ちてしまい、そのまま帰らぬ人になったという。

それで、その後は俺と同じ。生命神フィーリア様に転生ガチャを引くように指示され、はずれの〝出生：奴隷〟を引いてしまったというわけである。

俺はドルグに向かって尋ねる。

「……という事は、ドルグは前世と異世界を合わせると、百歳くらい生きてる事になるのか？」

「そうなりますかね？　転生してからは、色んな主人のもとで料理の腕を上げる事に集中しておりましたので、時の流れなど気にしておりませんでした。地球と違って、ステータスで自分の能力が分かるのが楽しいですからね」

楽しいって……三十年間も奴隷待遇だったのに。

「六十過ぎのお爺さんだったのに、異世界に抵抗がないという事は……ドルグは前世ではアニメとか好きだったのかな？」

「勿論！　特に異世界物は好きでした。私も奴隷じゃなければ、冒険など経験してみたかったです」

ドルグは、少し悲しそうな表情をした。

奴隷の転生者が欲しかったというのが最初の動機だったけど、一発目からドルグみたいな優秀な人が見つかるなんて、俺の運は相当いいな。

その後も、俺とドルグは前世の話で盛り上がった。

気付けば、外は暗くなっていた。

「ドルグ、俺の奴隷として頑張ってくれよ」

「はい。アキト様の今後のご活躍、楽しみにしております」

「ああ、ドルグの力も貸してもらうからな」

俺はドルグと握手を交わすと、そのまま王城に戻った。

帰宅後すぐに、エリク兄さんから「何処に行ってたの？　探したんだよ！」と詰め寄られ、「秘密の特訓をしていて……」と言って切り抜ける。

それからエリク兄さんと一緒に食堂に行き、家族みんなで夕食を食べた。


「アキト」

「んっ、何、爺ちゃん？」

食後、風呂に入って自室に帰ろうとしていると、爺ちゃんに呼び止められる。

爺ちゃんの方を向くと、深刻そうな顔をしていたので「とりあえず、部屋の中で聞くよ」と言って俺の部屋に招いた。

「それで、どうしたの？」

「うむ……単刀直入に聞くが、アキト。儂と婆さんが旅行中に一緒にいたのをエリク達と見たか？」

「えっ？」

もしかして俺達が覗《のぞ》いていたのがバレたのか？

でもあの時は、他にも人の気配はたくさんあったし、エリク兄さん達の分まで俺が【偽装】で魔力を隠していたんだよね。

バレる可能性は低かったはず……流石、爺ちゃんだな。

「えっと……どうして、そう思うの？」

「うむ、旅行から帰ってきてからのエリク達の視線が何だかむず痒《がゆ》いんじゃ！　アキトは変わっておらぬが、アキトは昔っから隠すのが上手いからのう。儂にバレないようにうまく隠しておるんじゃろ？」

……あの爺ちゃんがこんな事でウジウジしている。

俺は少し呆れてしまい、もうぶっちゃけてしまう事にした。

「まあ、本人が気付いたんなら仕方ないかな？　うん、見たよ。爺ちゃんと婆ちゃんが花園でイチャイチャしてる姿」

「ぬぉぉぉ？」

うん、完全にキャラが崩壊した。

爺ちゃんはソファーにダイブして、真っ赤になった顔を隠していた。

「爺ちゃん、安心して！　父さん達には言わないって俺達で決めたから」

「……孫にバレたのが一番大きいんじゃよ」

「まあ、うん……ドンマイッ」

俺が親指を立ててニカッと笑うと、爺ちゃんは「ああ……」と悲しそうな声をこぼしてトボトボと部屋から出ていった。

◇　◇　◇

夏休み終了まで、残り二週間を切った。

俺は自室で、頭を抱えていた。

う〜む、これは凄く悩ましい……

「ねぇ、何をそんなに悩んでいるの？」

俺が一人で唸っていると、ライムを抱いたクロネが部屋に入ってきた。

「ああ、ちょっとな。俺って王子じゃん？」

「ええ、そうね。王子と思いたくないけど、ちゃんと王子よね」

うん、クロネ一言多いよ？

「まあいいか。それで、王子って立場上、意外と時間が余って暇なんだよね。俺って勉強はできるからその時間もいらないから特に」

「そうよね。ご主人様は無駄に多才で勉学にも秀でているから、その言葉にムカつきもしないわね」

ここ最近、クロネにおつかいを頼みすぎたからか、結構嫌われてるな。

でも他の人の奴隷より良い待遇で生活させてるんだから、文句は言われたくないんだけどね。

「そこでさ、父さんに『何か俺にできる事ある？』って聞いたんだよ。そしたら、これを任されたんだ」

「……はぁ？」

クロネに見せた、父さんから渡された資料。

それは、災害によって大きなダメージを受けてしまった村の復興事業という、五歳児に任せる仕事ではなかった。

「ご主人様の父親は正気なの？　子供に頼む内容じゃないわね」

「俺も聞いたよ。本当に？　って、そしたら『大丈夫だよ。ウォルブもアキトの能力は絶賛してたから』と言われてね。ほら、ウォルブさんは俺が色々やってる事を知ってるから……」

「ああ、それで……」

クロネは、ウォルブさんの名前を聞いて納得したようだ。

ウォルブさんは、俺が陰で父さんの仕事をサポートしているのを知っているので、今回も何とかするだろうと考えているみたいだ。

実際、ウォルブさんに聞きに行くと――「アキト様なら、きっと良い村にしてくれます」と断言されてしまった。

それも目をキラキラとさせて……

「でも、別にやる事自体は嫌じゃないんだよね。俺としても色々経験しておきたいし」

兄さんが王様になったら、俺が補佐としてこういった仕事をする事もあるだろうしな。

「じゃあ、何を悩んでいるの？」

「……何処までやって良いかだよ」

「あ～……」

そう、それが分からずに俺は困っていた。

父さんからは「今より住みやすい村」と言われていたが、明確に指示されていない。

更に、村の復興は夏休み以降に国を挙げて取り込むようで、俺に任せられている期間は休みの間だけという微妙なものだった。

それらを伝えると、クロネはこう発した。

「そんな短い期間なら、どうせ色々できないだろうし、やれる事を全力でやったらいいんじゃないの？」

「まあ、そうなるよな……」

「それに、短い期間って事は……最初から期待されてないいんじゃないの？」

ニヤニヤと笑うクロネ。

うん、クロネ。完全に馬鹿にしてるな。ほんと毎度毎度、学習しない馬鹿猫だよ。

「それじゃ、早速クロネには動いてもらうか」

「ッ！　はぁ、何で私が？　親から指示が出されているんだから兵士達を使いなさいよ！　私達の存在はバレるとまずいんでしょ？」

「いやいや、そんな事はできないよ。毎日頑張っている兵士達に〝期待されていない〟仕事の手助けをさせるなんて。ここはやっぱり、俺達だけの力でやらないとね」

「くっ……ほんと、ご主人様は嫌な人ね」

「口の悪い奴隷の躾《しつけ》をしてるんだよ。とりあえずクロネ、これを買っておくのと、こっちの資料をドワーフズに渡してこれを作ってもらっておいて。あと、レオン達にはしばらく依頼を受けないように指示を出しておいてね」

俺はクロネに「頑張ってね～」と言って部屋を出ていった。

さてと、俺は俺で準備を進めよう。

とりあえず、父さんの所だ。

「父さん、村作りの事なんだけど、資金は何処まで出せるの？」

「それがね。あそこの土地を任せている貴族から『必要ありません！』って突っぱねられてるんだ。だから王家がやる事になっていて、あまりお金はかけられないんだよね」

「王族だからたくさん使えるんじゃないの？」

「そりゃ、大きな街とかなら使えるよ？　でも、人口が千人も満たない村でしょ？　それに見合うお金しか使えないんだよね」

う～む、そうなると、資材とかは現地調達になるだろうな。でも、あそこの土地、確か資源が豊富だったはずだし……

俺は思いきって提案してみる。

「ねえ、父さん。もしさ、村を俺が短期間で改善できたら俺にくれない？」

「う～ん……そうだね。あそこの土地を任せている貴族もあの村は切り捨てたいって言ってたし、アキトの土地に変えるように手続きをするよ。でも短期間で変えられるの？　まだ現地にも行ってないんでしょ？」

「あ～うん。まあ、やれるだけやってみるね」

よし、言質《げんち》は取った。向こうの貴族もいらない土地を捨てられるから、乗り気みたいだしね。

「これで気兼ねなく全力を出せる……」

父さんの部屋から出て、自室に戻ってきた俺は【図書館ＥＸ】を使用する。

父さんは俺が現地に行っていないと思っていたが、既に一度行っている。その時は、魔法で姿を消して村を回ったのだ。

感想としては、〝活気がなく、生きる気力さえ感じられない村〟だった。

人口は千人もいないと言っていた通り、多くはない。だが、子供はそれなりにいた。大人に元気がなく、子供にまでそれが伝染している感じだ。

「まあ、活気がないのは仕方ないか。あんなクソみたいな貴族の領地だとな……」

土地を任されていた貴族の評判は凄く悪い。

貴族の名は、ヴェベント・フォン・フィルリン。

一応、伯爵の爵位を持つ貴族だ。

ただ、それは先代までのフィルリン伯爵が優秀だったからであり、現フィルリン伯爵はその爵位に見合った事を何一つしていない。

村人からお金を取り上げ、私利私欲のために使う。村が災害で苦しんでいても、自分のためだけに金を使う。

結果、村の改善がその貴族ではなく王家がする事になり、そいつらの？　という状況だ。

ただ、先代の功績が大きく、王家としては手出しできない。

「あ～、思い出しただけでもイライラする。まあ、今は村の改善案だな……」

俺は頭を切り替え、村の改善のための資料を集めた。


それから二日後。

俺は一日使って、村に行く事にした。

「クロネ、今日は一日中、俺に付き添ってもらうからな。いつも護衛してる子にはちゃんと言っておいたか？」

「……気付いていたのね。ええ、大丈夫よ」

クロネは俺が気付いたように思っているが、本当は違う。

少し前に、昼間クロネの姿を見ないなと思っていると、爺ちゃんから「アキトの奴隷が他の者の護衛をしておったぞ」と教えてくれたのだ。

別にクロネが自由時間に何をしようと構わない。仕事の時は、こっちを優先してもらう事になるが。

「それなら、良いか。とりあえず拠点に行くぞ」

俺はクロネと共に拠点へ転移した。

拠点では、ここ数日ずっといなかったレオン達がいた。クロネがちゃんと指示しておいてくれたらしい。

「レオン、久しぶりだな」

「ちょっと、遠出していたからな。それでクロネに言われて集まったが、今度は何をするつもりなんだ？」

俺はレオン達のほか、エルフシスターズ、ドワーフズに、これから二週間とある村の改善事業をする事になったと伝えた。

「凄いですね。ご主人様は、そんなにお若くて村を任せられるなんて！」

「全くじゃや、我が主人は素晴らしいのう」

エルフシスターズ、ドワーフズは盛り上がっていた。

その一方で、レオンは「アキトの父親は正気か？」と驚いている。

「まあ、国としては夏休み明けからやる事業らしくて、俺ができなかったらできなかったで別にいいってやつなんだけど……」

俺はそこであえて一拍置いて、次の言葉を発した。

「上手くいけば、その村を俺の物にできるんだよ」

「……成程な、アキトの父親は息子を試すつもりで、この事業を渡してきたのか」

「そういう事。まあ、俺はこれを絶対に成功させて、俺の土地にするつもりだけどね」

「村人はこんな奴の下に下るのか、可哀そうに」

俺達は諸々の準備をして、仕事先である村へ転移魔法で移動した。

◇　◇　◇

「ッ！　アンタ達、何者だ？」

村の入口に来ると、警備をしていた青年が驚いて剣を抜いた。

しかし、俺が着ている服が小綺麗な事に気付き、急に慌て出す。

「えっ、き、貴族？」

「う〜ん、厳密に言えば王族だよ。とりあえず、村長を呼んできてくれないかな？」

「へっ？　お、王族？」

青年は慌てて走り去っていった。

クロネが呆れたように話しかけてくる。

「良かったの？　彼、王族に向かって剣を抜いたのよ？」

「敵意むき出しであれば、処罰も考えなきゃいけないだろうけど、何者か分からずって感じじゃん。誰だって急に人が現れたら驚くだろ？」

「ほんと、ご主人様は変わってるわね」

青年が去って数分後、初老の男性が青年と共にやって来た。その男性は俺を見て、「誰だろう？」というふうな顔をしている。

青年は、俺が王族である事を伝えていないのかな？

初老の男性は俺と対面したまま、挨拶すらしてこない。仕方がないので、俺の方から声をかける事にした。

「俺は、アキト・フォン・ジルニア。この国の第二王子だよ。今回、村の改善事業を任される事になったんだ、よろしく。村長さんの名前は？」

すると、村長はようやく状況が呑み込めたのか、焦り出した。

「し、失礼しました！　チルド村の村長をしております。オリスと申します！」

普通、王族や貴族への挨拶が遅れただけで処罰の対象になる。でも、この村は俺の物にする予定だし、こんな事で怒っても意味がない。

と言っても、舐められたら王族としてもだめなので、忠告だけはしておこう。

「大丈夫だよ。そりゃ、辺境の村に王族が来るなんて思わないからね……でも、もう分かったよね？　次はだめだよ？」

「ッ！　はい！」

オリス村長は、俺の言葉に背中をピンッと伸ばして返事をした。

第15話　アキトの村作り

村長との挨拶を済ませ、村の中を見させてもらう。

前回来た時も見たが、崩れた家や土砂崩れで途切れた道などが、そのまま放置されていた。自分達だけでできるだけやろうとした跡はあったが、やはり無理だったらしい。

「すみません、こんな状況のところ……」

「いいよ。事前に調べて知っていたからね。とりあえず邪魔な物は片付けて、復興しやすくしようか」

「これらを片付けるだけでも相当な人数が……」

「そこは大丈夫だよ、俺らでするから。村人達にしてもらいたい事は、また後で話すね」

俺達は早速作業を始めた。

ドワーフズはこの土地で採れる鉱石を調べるために山へ行かせた。エルフシスターズには、村人達の体調確認と配給を任せる。

クロネは村周辺の生態調査を兼ねて魔物狩りに行かせ、残ったレオン達には俺と一緒に掃除をしてもらう事にした。

「レオン、どっちがいい？　壊れた家の掃除か、道の修繕」

「……家で頼む」

まあ、そうだろうね。

道はめちゃくちゃだったから、整備は相当大変そうだった。でも、主人に面倒くさい方を任せるのは奴隷としてどうなのかな？　別に良いけどさ。

「それじゃ、みんな、昼までには終わらせるよ！」

そう言うと、ドワーフズとエルフシスターズは元気よく返事をした。

その一方でレオンとクロネは「もう少し、ゆっくりさせてくれよ」といった感じで弱気に返事をした。


「さてと……とりあえず、全部どかすかな」

俺は道の整備をするため、土砂崩れでほぼ通れなくなっている道に来た。

ふと頭の上に変な違和感があったので触ってみると、「ぴ～」と聞こえる。

「……ライム、お前、勝手について来たな」

「ぴ～！」

いつの間にかクロネの所から、俺の頭の上に移動していたようだ。俺は視線を向けて、ため息をつく。

ライムの奴、最近構ってあげてなかったから……

「ったく、仕方ない奴だな。俺の頭から降りるなよ」

「ぴっ！」

「……調子いいな」

頭の上でピョンと跳ねたライムは、嬉しそうにプルプルと揺れた。

ライムは俺の頭の上でダンスでも踊るように震えている。ちょっと邪魔くさいけど……これはこれで何だか癒されるな。

ライムの変な動きを見て、俺は笑顔になりつつ作業を始めた。

道の上にある岩や土を【念力】でどかし、一気に魔法で綺麗にしていく。

「爺ちゃんと訓練していた時に、魔法を同時に発動する練習をしておいて良かったよ」

「ぴ～ぴ～！」

ライムは俺の魔法を見て、ピョンピョンと跳ねて楽しそうにしている。

その後も魔法を上手く使って道を整えていく。やがて、これまで以上に通りやすく頑丈な道が作られていった。

「「……へ？」」

予定していた昼過ぎを少しオーバーした頃、全ての作業が完了する。

邪魔にならないように一箇所に集まってもらっていた村人達に、復興後の村を見せると、彼らは皆一様に驚いた表情をした。

ちなみに、崩れた家と助かった家が半々だったが、一回全部壊して全ての家を丸ごと作り直してある。

「ア、アキト様。ここは本当に私達の村なんですか？」

オリス村長は声を震わせていた。

「そうですよ。建物以外の景色は変わってないでしょ？　家は全て新しくして、村の周りも少し改造したんだよ。みんなで見回るからこのままついて来て」

「は、はい……」

俺は村人達を連れて村を見て回った。

生まれ変わった村を見た村人達はずっと言葉を失っていた。村を回って広場に戻ってくるやいなや、彼らは一斉に地に膝をつき頭を下げた。

「アキト様、そしてアキト様の奴隷の皆様。私達の村を変えてくださり、本当にありがとうございます！」

「「ありがとうございますッ！」」

村長と村人達は大げさに感謝の言葉を伝えてきた。

うん、感謝されるのって気持ちいいな。

クロネが話しかけてくる。

「ねえ、ご主人様。この後はどうするの？　村の復興を半日で終わらせたって、父親に報告しに行くの？」

「んっ？　何言ってるの？　まだでしょ？」

俺は平然とした顔で、クロネに返答する。

クロネだけでなく村人達も驚いていた。

「さっきまでやってたのは準備だよ？　最初に言ったでしょ？　村人達にやってほしい事は後で話すって」

「……ご主人様、今から何させるつもり？」

「そりゃ、この村の改善作業だよ？」

そう言って俺は、これからこの村でする事を皆に伝えた。

それは、村人自体を変える作業だった。

まず初めにやるのは、村人達の教育だ。

この村、辺境というためか、村人に学がなかった。

さっきまで失われていた〝生きる意志〟が目覚め始めているので、ここらで村人達全員には頑張ってもらおうと思ったわけだ。

「大人は俺が担当する。子供は、そうだな……クロネ、お前が見ろ」

「はぁ？　何で私が？　レオンのが頭良いでしょ！」

「んっ？　そんなんの知ってる。お前に任せるのは、お前の成長のためだ。誰かに教えるのって自分の成長に凄く効果的なんだよ」

クロネは渋々と「分かったわよ」と呟いた。

簡単な教育とは別に、魔法の素質がある者には魔法の訓練をつける。なお、村人を集めた際に、魔法の素質がある者がいるか調べておいてあった。

「レオン、そっちの集めた者達には初歩的な魔法から順に教えていってくれ。お前の部下も使っていいから」

「了解。下を育てるのは得意だからな。アキトが驚くくらいに成長させた姿を見せてやるよ」

「楽しみにしておくよ。だが、無茶はさせるなよ。村の人達は奴隷じゃないから」

優秀なレオンを奴隷にできたのは、本当に奇跡だ。

ちなみに、戦争が終わってからレオンに魔法を見せてもらったんだけど、魔帝国の魔法騎士団のトップを張っていただけあって凄かった。

攻撃魔法こそ爺ちゃんには劣るが、魔法のセンスは爺ちゃんと同等と言ってもおかしくなく、その精度はかなり高い。

また何より、多くの人をまとめる立場にいたおかげで、人に教えるのが抜群に上手い。たまに、エマ達に魔法を教えているのを見るが、教え方が分かりやすかった。これは爺ちゃんとは雲泥《うんでい》の差だ。

「それじゃ、これより村改善計画始動だ！」

そう叫ぶと、村人達も「お〜！」と返事をしてくれた。

◇　◇　◇

「アキト様、アリウス様がお呼びです」

「はーい、今行くよ」

村改善計画始動から、三日が経った。

初日は一日中いられたが、以降は夕方だけしか行けていない。

だが、俺がいない間でも村人達は、今までの〝ただ生きている〟という状態から〝より良く生きる〟ために、勉強に魔法に努力するようになった。

王都に帰ってきているのは、俺とクロネだけ。レオンを始めとする奴隷達はチルド村に残り、村人達の手助けを続けていた。

まあ、クロネを連れて帰っているのは、クロネにおつかいをお願いするため、というのもあるんだけどね
「父さん、どうしたの？」

「ああ、アキトか。ごめんね、急に呼び出したりして。ちょっとそこに座ってくれ」

俺は言われた通り、ソファーに座った。

すると、父さんは手にしていた資料を机に置いて、俺の近くにくる。

「アキト、どうだい村の方は？」

「順調だよ。流石に一人じゃ無理だったから、父さんの仕事を手伝って稼いだお金で、奴隷を買ったんだ」

俺は、ここでここぞとばかりに、村作りのために奴隷を買った事にした。これなら大義名分もあるし、不審に思われないだろう。

「聞いたよ、ウォルブから。凄いんだってね、その奴隷達」

「よく選んだからね。ウォルブさんにも探すの手伝ってもらったんだ」

それから、村の様子について詳しく聞かれたので、現在の状況を少しほのめかす程度に伝えた。

いや、流石に村の修理自体は終わっているなんて言えないからね。ここは、用意された期間を使ってジックリと進めているふうにやろう。

「ふむふむ、今はそんな感じなんだね。でも、上手くいってそうで父さんも嬉しいよ」

「父さんから任された大事な仕事だからね。それで、村の件だけどフィルリン伯爵は何て言ってるの？」

俺はちょっと気になっていた村の所有権について聞いてみた。すると、父さんは何でもないように答える。

「ああ、そっちは大丈夫だよ。元々彼も見放していた村だったから素直に渡してきたよ」

「そうなんだね。うん、分かった。それじゃ、俺がその土地を任せてもらえるように頑張るね！あっ、それと……しばらく向こうの村に滞在していい？」

そうお願いすると、父さんは一瞬悩みつつ答える。

「分かった。でも、アキトはアリスちゃんの勉強を見てあげるんだよね。それは、父さんからリベルトには言っておくよ」

そうして俺の頭を撫でてくれた。

よし、しばらくは村に滞在する事ができる。これで考えていた計画が進められそうだ。

部屋に戻ってきた俺は、クロネに【念話】する。

「クロネ。そういうわけで、一気に村作りを進める」

『はいはい、了解しました』

そして俺は、明日からの本格的な村作りのために、【図書館ＥＸ】を駆使して、情報をまとめるのだった。

◇　◇　◇

翌日、俺は自重していた復興作業に本腰を入れる事にした。

まず、ボロボロだった村の農具を新しくしようと思う。一応、代々使われている大事な道具かもしれないと思って聞くと――

「金がなくて、ずっと使っているだけです！」

勢いよくそう言われたので、全ての農具を一新してあげた。

また、村人達の服も結構酷かったので、貯金を使って村人全員分の服を新調した。

その際、改めて村人達の人数を数えたところ、八百人強住んでいる事が分かった。ちなみに内訳は、ヒューマン七割、獣人二割、その他一割（エルフやドワーフ）という感じだ。

他にも変えたところはたくさんある。

風呂を作ったのだ。

元々この村には風呂が一つもなかった。そもそも入浴習慣がないので、体を洗うにしても水浴び程度らしい。

俺もしばらくここに滞在するわけだし絶対に必要だと思い、風呂を最初に作らせてもらった。

風呂を作るには、貴重な〝魔石〟が大量に必要だった。水を出したり、火を点けたりするのに使うのだ。

そんな魔石をどうやって用意したかって？


「こ、これだけあれば足りますでしょうか？」

「十分だよ。ごめんね、お金がなくて。次からはちゃんと払うから」

「い、いえ！　アキト様のためなら、タダでもお渡しします！」


と、こんな感じで皇帝から譲り受けたのだ。

その時、俺について来ていたレオンは、皇帝のそんな様子を見て驚いていた。

「あの皇帝がここまで落ちるとはな……何をしたんだ？」

「えっ、普通に話し合いだよ？　まあちょっとだけ脅したけど」

レオンは「……可哀そうに」と皇帝を見ていた。

風呂の次に変えたのは、運搬具である。

これまでチルド村では馬を使っていたのを、魔力で稼働する〝魔車《ましゃ》〟に変えたのだ。魔車の作り方は、魔帝国が使っていた飛行船の応用で、魔石を使って動かす感じだ。

俺が開発した魔車を見たレオンは呆れたように言う。

「よくもまあ、こんな複雑な設計ができるな」

「これでも本は片っ端から読んでるから、知識だけならあるんだよね」

「……」

レオンは更に何か言いたげだったが、何も言わなかった。

その他にも、俺は妥協せずに村の改善に取り組んだ。衣食住の全てを変えようと思ったが、できたのは衣と住だけ。

食に関しては、畑をちょっと直したくらいしかできなかった。

まあ、今後に期待という感じかな。

◇◇◇

「父さん、明日はチルド村の視察に来てくれる日だけど、ちゃんと予定空けてくれてる？」

「ああ、前々から言われていたからな。ちゃんと空けてあるよ」

村作りからは、十日が経った。俺はそろそろ父さんにチルド村を見てもらおうと思ったのだ。

その際、俺は父さんにお願いをする。

「父さん、俺がチルド村の復興に携わっている事は他言しないでね。爺ちゃんにはバレると思うけど、母さんや兄さん達には言っちゃだめだよ」

「……うん、分かったよ。アキトが何でバレたくないのか、父さんには分からないけど、約束は守るよ」

「ありがとう」

俺は父さんに「明日の朝迎えに来る」と言って部屋を出た。

まあ、既に爺ちゃんにはバレてそうだけどな……少し前に、爺ちゃんの気配をチルド村の近くで感じ取ったし……

自室に戻った俺はクロネに尋ねる。

「クロネはどう思う。爺ちゃんにはバレてそう？」

「バレているでしょう。たまに空から視線を感じてたし、遥か上空からご主人様の事を見てたと思うわよ」

「やっぱりね～。俺も感じ取ってたよ」

明日は早い時間からチルド村に行く予定なので、早めに寝る事にした。

すると、クロネが声をかけてくる。

「ねえ、ご主人様」

「どうした？」

「……あたし達はご主人様の奴隷だから、信頼をしてくれても良いのよ。ご主人様が何かを隠している事は、薄々感じているわ」

クロネはいつもと違って、真剣な表情をしていた。

どうやらチルド村の復興事業の際に、俺が豊富すぎる知識を見せたせいで、今更ながら何かを感じ取ったらしい。まあ本当に今更だけど、そりゃバレるだろうな。

「そのうち教えるかもな。今日はもう遅いから早く帰って休め」

「……分かったわ」

クロネはそう言うと、部屋から消えた。

クロネがいなくなった後、俺は天井を見上げて考えた。

もし、俺がこの世界とは別の世界から来た転生者だと話したら、どう思われるのか。

クロネであれば「やっぱり」とか言いそうだ、だが、父さん達からどんなふうに思われてしまうのか。

「父さん達に話さないって手が一番だけど、俺ってすぐに調子に乗るから、ボロが出そうなんだよな」

既に、何度か調子に乗ってやらかしているし。

ちょっと出来のいい子供くらいに思われていたけど、色々派手な事をやってしまったし、今後は流石にそういかないだろうな。

いつかバレる前に自分から話すか、バレた後に話すか――今のうちに決めておかないと、折角築いてきた信頼関係が崩れてしまうかもしれない。

それだけは、絶対に避けたい。

「はぁ、今日はもう寝よう……」

俺は考えるのをやめて目を閉じ、眠る事にした。

第16話　チルド祭

「……アキト、ここは本当にあの村なのかい？」

翌日、チルド村にやって来た父さんは目を見開いていた。以前のチルド村の惨状を知っているからこそ、この変わりようは衝撃的だろうね。

「うん、そうだよ。色々と変わってるから一つずつ紹介するね」

俺は父さんと一緒に村を回った。

家は一新され、全て王都並みの家になっている。道も王都のように綺麗に舗装され、様々な施設が立ち並んでいた。

　俺はちょっとだけ自慢げに父さんに尋ねる。

「どうかな、父さん？」

「……どうって、文句のつけどころ以上に、どうやってこんな村を作れたのか、疑問に思っているところだよ」

　五歳児に任せた村が、たった二週間でこんなに変わったら驚くよね。俺だって父さんの立場だったら腰を抜かしていると思う。

「そこは、購入した奴隷の質が良かったから」

「それにしてもだよ！　アキトなら何かしてくれるかなって期待はしてたけど、ここまでは予想できてなかったな」

「そうだよね。ちょっと頑張りすぎた感はあるよ。アリスの勉強を見てやれなくて申し訳ないって思ってるし」

　アリスは夏休み明けに入園試験を控えていた。

　試験対策をしてやりたかったが、村の事を優先したため時間が作れなかった。まあ、アリスの勉強はかなり進んでいるので、試験は大丈夫だとは思うんだけど……

　父さんは困惑しつつも嬉しそうに言う。

「アキトにとってはちょっと頑張った程度なんだね。父さんの価値観は大分違うみたいだ。ところで、チルド村の村長は今どうしてるの？」

「この時間なら家にいると思うよ。村長の家も変わったから案内するよ」

俺は早速、父さんを村長の家まで連れていった。

呼び鈴を鳴らすと、村長が慌ただしく出てくる。

「ア、アリウス王。こんな辺境の村まで足を運んでくださり、本当にありがとうございます」

「ああ。今日は公的な訪問じゃないから、そんなにかしこまらなくていいよ。確か、チルド村の村長の……オリスだったかな？」

「は、はい！　オリスです」

オリス村長は、父さんに対して凄く緊張してるみたいだ。

すぐに俺らは客間に通され、父さんは周囲を見渡して感心している。

「……この部屋の造りも凄いね。ここもアキトが？」

「いや、村人と奴隷達だよ」

そうは言ったものの――大抵は俺がしていた。

ここで俺がやったと言ったら、俺の評価が悪い意味でとんでもない事になりそうだから、あえて奴隷や村人達の手柄に変えさせてもらった。

その後、父さんはオリス村長と熱心に話し込んでいた。

オリス村長が、俺がやった事業を父さんに丁寧に説明してくれる。

「……凄いな、アキト。頼んでからそんなに日が経ってないのに、これだけの事をしたのかい？」

「いや、まあ大抵は魔法で、ね？」

オリス村長が更に告げる。

「アリウス王。アキト様は本当に素晴らしいお方です。アキト様が来る前の村はそれはもう人が住んでいるとは思えないような酷い状況で、村人達も生きる気力を失っていました。しかしアキト様が来てからというもの、一人一人に希望を与え、学をつけてくれました。アキト様がもたらしてくださったのは、奇跡とも言えるでしょう」

すると、父さんは俺に顔を向け、「この短い期間で凄く信頼されたんだね」と嬉しそうに言った。

そして、オリス村長にも聞こえるように言う。

「うん、この様子だとアキトに村を任せても大丈夫そうだね。アキト、これからもこの村の発展を村長と共に頑張っていくんだよ」

「はい。より良い村作りをして、王都以上に発展できるように頑張るね」

「アキトなら本当にやりかねないから、程々に頼むよ？　王都の街を作るのも苦労してるんだからさ」

「そんな事を言っていたら、俺がすぐに大きな街にして、ここを首都にしちゃうよ？」

俺が挑発するように言うと、父さんは凄く嬉しそうに笑った。

「分かったよ。アキトに負けないように王都の発展を頑張らないとね」

その後、俺はふと思い出して尋ねる。

「っと、そうだ。父さんに聞きたい事があったんだ」

「んっ？　何かな？」

「ほら、ここの村周辺ってさ、東、西、南はジルニア王国の領土だけど、北は他国の領土だったよね？」

「うん。ジルニア王国と同盟関係にある、シエルフール国の領土だが？」

「ここは、そのシエルフール国の大きな街と近いでしょ？　もし良かったらそこと交易をしてもいいかな？」

「う〜ん……まあ、別に構わないよ、同盟国だしね。じゃあ、父さんの方から向こうには話を通しておくよ」

父さんはあまり深く考えずにそう言ってくれた。

それから「そろそろ帰らないと仕事がある」と父さんが言ったので、オリス村長に別れの挨拶をして、転移魔法で城に帰宅した。

村を自分の物にする手続きを正式に行った。

手続きをしてる最中、少し顔が緩んだ事を父さんに指摘された俺は、自室に戻ってきてもニヤニヤしていた。

これまでかなり自重した生活を送ってきたけど……

だがッ！　それも終わりだ。俺は、自由に使える村を手に入れた！

「ふふ……」

「アキト、お前本当に五歳児か？　悪人顔が様《さま》になっているぞ？」

おっと、嬉しさのあまり感情が顔に出ていたようで、報告に来ていたレオンに引かれてしまった。

◇　◇　◇

翌日、俺はチルド村に来て、とある事をしていた。

それは、チルド祭という今回が第一回目となる祭りの準備である。

チルド祭とは何か？

悪徳領主から領主が俺に変わった事と村の復興を祝い、今後も俺への感謝を忘れないためにと――村長が提案したイベントである。

「まだ悪徳領主のがマシだと思うがな……」

準備をしていた俺の後ろで、レオンはボソッと言った。

レオンは俺に聞こえてないと思っているみたいだが、残念ながら俺の耳は小言も聞き逃さない地獄耳だ。

「レオン、そんなに働きたいなら、クロネに任せている仕事の半分を渡そうか？」

「ッ！　おっと、そういえばエマ達に手伝いを頼まれていたんだった！」

ちっ、逃げたか。

レオンへのお仕置きを考えていると、オリス村長がやって来て声をかけてくる。

「アキト様、よろしいでしょうか？」

「んっ、どうしたの？」

「今回が初めてとなる祭りですので、記念としてアキト様から村に対して、何かお言葉をいただけないかと思いまして」

「あ～、激励的な事か。う～ん、苦手なんだよな……」

「だめ、でしょうか？」

オリス村長は悲しい表情になった。

くっ、老人のそんな顔を見たら罪悪感が……ったく、仕方がない。

「……分かったよ。考えておくよ。でも、時間もそんなにないし、深い言葉とかは無理だからな？」

「はいッ！　アキト様からお言葉をもらえたら、村の者達も喜ぶのでよろしくおねがいします！」

オリス村長は凄く嬉しそうにスキップして去っていった。

……時間もないけど、第一回目の記念だしな。ちゃんと考えないと……

それから、俺は祭りの準備を着実に進めていった。

勿論、レオンとクロネは他の者より何倍も働かせた。二日間という短い準備期間だったが、村人総出で準備したのもあって、何とか間に合ったようだ。

「レオン、クロネ。どうしたんだ？　そんなにやつれて？」

「……ご主人様は人の子なの？　あれだけ働かせられたら、体力自慢の獣人の私でも潰れるわよ」

「魔帝国の騎士団トップだったからといって、魔力が無尽蔵にあるわけじゃないんだぞ？」

折角のお祭りだというのに、クロネとレオンは疲労で倒れていた。

ふむ、そんなに無理させただろうか？

クロネは村の中を走らせて、準備を進めている所で足りなくなった物を補充させ、レオンは頻繁に買い物に行かせた。

あとは祭りのための建物を作る際に、レオンに魔法で手伝わせたくらいなんだけどな。

「懐けないな～二人とも。ほら、早くしないと祭りが始まるぞ？」

「……ほんと、あたしに時を戻す力があれば、絶対に暗殺なんてしに行かなかったわ」

「……俺も、皇帝にヤバい奴がいると言って、戦争を止めていたな」

「ほらほら、早く行かないと！　村人達も待ってるんだから」

そう言って俺は、【念力】で二人が座っていたソファーを持ち上げ、そのまま落とした。クロネとレオンは地面に倒れたまま動かなかった。

「三秒以内に起きないと、おつかいに行ってもらうよ？　さーん、にー、いー」

「ッ！」

秒数を数え出した瞬間、二人はバッと起き上がった。

俺は二人に「それじゃ、行こうか」と言って家を出た。

◇　◇　◇

会場では、エマが最終準備を進めていた。

「エマ、準備は終わったか？」

「はい、既に終わっております」

「そうか、ありがとう。エマ」

俺はエマに礼を言うと、ちょっと緊張しながらステージに登った。

既に村人達は全員揃っている。村長が俺のもとに来て「アキト様、お願いします」と小声で告げた。

ふう、腹を括《くく》るか……ちゃんと練習もしてきたんだ。

一度、深呼吸をした俺は〝風魔法〟の力を使って、村人全員が聞こえるように声を拡散させ、激励の言葉を言った。

「俺がチルド村に来たのは、運命だったと思う。そもそもの経緯は、夏休みの暇つぶしのために、父である国王に何かやる事はないか聞いて、この村の惨状を聞かされたのだ。それで、元の領主に苛立ちを感じたが、怒る時間があれば復興させてやろうと思って、すぐに行動を起こしたというわけなんだ。そんな安易な俺に、村のみんなはついて来てくれた。でも、本当に良い村になったと思う。これからも一緒に村をより良くしていくつもりだ。目標は、ジルニア王国の王都以上に活気のある最高の街。共に頑張ろう！」

するとチルド村の者達は号泣し出した。

「ちょっ、そんなに良い話してないぞ？」

流石に泣くとは思わなかった俺は困惑していた。

「アキト様！　私ども、死ぬまであなた様について行きます！　どうか、我らを導いてください！」

オリス村長がそう言うと、チルド村の者達も一斉に「よろしくおねがいします！」と叫んだ。

困惑した俺は「お、おう」と不格好な返事しかできなかった。

こうしてチルド祭は始まった。

「アキト、楽しんでるか～！」

「うわっ、酒くさっ！　レオン、お前どんだけ飲んでるんだよ」

「分かんねぇな～。祭りだからたくさん飲んでるよぉ～」

数時間が経ち、日が落ち始めていた。

いつもクールなレオンが酒を飲んで酔っ払っている。レオンは俺のもとから離れていき、同じように酔っ払っている者達と楽しそうに踊り出した。

他の者達も大分でき上がっていて、踊ったり歌ったりしている。

そんな光景を眺めていると、オリス村長が声をかけてくる。

「アキト様、隣、良いでしょうか？」

「いいよ。あれ、村長は酒飲まないの？」

「はい、普段は飲むのですが、今日は皆の笑顔を覚えておきたいので。こんなに笑ってる村民を見るのは久しぶりです……」

「大丈夫だよ。これからは笑顔の絶えない楽しい村を作っていくつもりだから」

俺がそう言うと、オリス村長は嬉しそうに笑みを見せた。それから彼は村人に呼ばれたようで、集団の方へ消えていった。

第一回チルド祭は、日が沈んだ後も長く続いた。

翌日、片付けを村人全員で行ったんだけど、片付けに精を出す村人達の表情は皆笑顔で、それぞれ生きる希望に満ち溢れていた。

第17話　夏休みの終わり

チルド祭を楽しんだ次の日。

俺は制服を身に纏い、二ヵ月振りに学園に登校した。

夏休み終盤、俺がずっといなくなっていた事で、エリク兄さんとアミリス姉さんの機嫌はすこぶる悪い。

そんなわけで今日は、二人のお願いを聞く事になっていた。

「アキトちゃん、今日の放課後の予定は開けておくのよ」

「そうだよ。アキト、僕達の事をほったらかしていたんだから、その分今日はたくさん遊ぶんだからね」

登校中、十歳の姉と十二歳の兄からそう言われた五歳の俺は、「うん、分かったよ」とそのお願いを聞く事にした。

学園に着いて、エリク兄さんは別の階なので階段で別れる。

俺はアミリス姉さんと一緒に教室に向かった。

「おはよう。アキト君」

「おはよ。アキト君」

「おはよう。ルーク君、リク君」

教室に入ると、ルーク君とリク君が出迎えてくれた。俺は自分の席に荷物を置いて、二人の近くに駆け寄る。

「アキト君と会うのも久しぶりだね。夏休みの終わりの方はずっと忙しかったみたいだけど、何をしていたの？」

「ああ、ちょっと父さんに仕事を頼まれていたんだよ。ほら、俺って数学とか得意でしょ？　それで、父さんから仕事を任されて、ずっとコキ使われてたんだよね」

「えっ？　それじゃ、アキト君。王様と同じ仕事をしてたの？」

ルーク君は驚き、リク君は「五歳なのに凄いね」と唖然としていた。

「まあ、年齢や身分を問わず能力ある者を使うというのが、父さんというかジルニア王国の考えだからね。だから兵士にも平民出の人とか多いし」

「差別のない国って自負してるだけあるよね」

ルーク君がそう言って感心していると、担任の先生が教室に入ってきた。

リク君は自分の教室に戻っていき、俺は席に座る。

先生はちょっとした話をして、始業式のために体育館に移動するように指示を出した。

「あっ、そうだ。アキト君、今日リク君と一緒にテスト勉強する約束してるんだけど、アキト君も来る？」

「あ～ごめん。今日は、兄さんと姉さんに放課後相手するように言われてるんだ。テストは明後日だし、明日なら一緒に勉強できるよ」

「そっか、それなら明日一緒に勉強しようか」


始業式の後は教室に戻ってきて、宿題の提出の時間となった。

大体の生徒は宿題を提出していたけど、「忘れました」と言っている生徒も少なからずいた。

俺がそんな光景を眺めていると、肩をチョンチョンと叩かれる。振り向くと、アミリス姉さんが泣きそうな顔をしていた。

「どうしたの、アミリス姉さん？」

「アキトちゃん。宿題、忘れちゃったぁ……」

「……朝、あれだけ確認したのに？」

アミリス姉さん、こう見えてドジっ子だったりする。

今日もエリク兄さんと一緒になって、「準備は完璧なの？」と三度くらい確認していたんだけどな。

「とりあえず先生に謝って、明日持ってくればいいんじゃない？」

「忘れた人は、放課後に別室で居残りって……」

「あ～……分かったよ。何とかするよ」

俺はそう言って席を立つと、担任の先生のもとへ向かった。

「先生、トイレ行ってきてもいいですか？」

「アキト君は宿題を提出してますし、いいですよ」

先生から退出許可をもらった俺は、教室を出てトイレに向かった。

トイレの個室に入るやいなや、転移魔法で城に帰宅する。

そしてアミリス姉さんの部屋に行き、テーブルの上に綺麗に置かれている宿題を発見。全部あるか確認して、〝異空間〟に入れてから戻ってきた。

教室に戻り、アミリス姉さんにこっそりと手渡す。

アミリス姉さんはそのまま先生の所へ行き、何食わぬ顔で宿題を提出して席に戻った。そして俺に向かって小声で、「ありがとう。アキトちゃん」と言った。

「はい、それでは今日の授業はここまでです。明後日は、確認テストを行いますので、明日は最後の確認をして過ごしてください」

先生が教室を出ていく。

ルーク君が俺の所に来て「それじゃ、アキト君。明日はよろしくね」と言って帰っていった。

その後、アミリス姉さんと一緒にエリク兄さんを迎えに行った。

エリク兄さんと合流し、徒歩で商業区へ向かう。

道中、何処に向かっているのか聞くと、「秘密」と言われた。そうしてたどり着いたのは、焼肉屋だった。

「焼肉に連れてきてもらえるなんて、思いもしなかったよ」

俺が驚いてそう口にすると、エリク兄さんとアミリス姉さんが嬉しそうに言う。

「アミリスと相談してね、頑張っているアキトに、サプライズをしてやろうと考えたんだ」

「アキトちゃん、夏休み中ずっと頑張っていたから、そのご褒美だよ。いっぱい食べて大丈夫だからね。お金はお姉ちゃん達が出すから」

それからテーブル席に座る事になったんだが、エリク兄さんとアミリス姉さんはどっちが俺の隣に座るかで争った。

結局、ジャンケンで勝利したアミリス姉さんは、俺の頭を撫で続けている。エリク兄さんは悔しそうにしながら注文をした。

……しかし、この世界にも焼肉屋があるんだな。

注文した肉が届き、網に載せて焼き始める。

「それにしても、アキトは本当に凄い子だね。まだ五歳なのに僕達以上に物知りだし」

「そうよね〜。でも、アキトちゃんって歩けるようになった頃から、本を読んだりしてたから、頭良い子に育つんだろうなって、お姉ちゃんは分かってたよ」

「僕もだよ。遊ぼうとしたら、アキトは本から目を離さなかったからね」

エリク兄さん達が言っているのは、俺が二歳の頃の話だろう。

当時既に複数の魔法が使えた俺は、歩けるようになると、昼間は図書館に行き、夜は【図書館EX】で情報収集を行うようになったのだ。

エリク兄さん達はいつも俺に構おうとしたけど、最初の頃は邪険にしていた。

後々、断ると兄さん達が悲しい顔をしているのに気が付いて、極力断らないようにし出したのは今でも覚えている。

肉を食べ始めて少し経った頃、肉を口に運んでいた俺に兄さんは問いかけてくる。

「そういえば、アキトって奴隷持ってるの?」

……何処でバレた？

そう咄嗟《とっさ》に思って、口の中に入れた肉を喉に詰まらせてしまい、慌てて水を飲んだ。

「あっ、ごめんね。父さんがアキトは奴隷を持ってるって言ってたから、聞いてみたんだ」

成程、父さん経由で聞いたのか。

そういえば、奴隷の存在自体を隠す必要は既になくなったので、別に話してもいいか。

「ああ、うん。持ってるよ。父さんから五歳児に任せるべきじゃない、大変な仕事を任された時があって、奴隷を買って作業効率を上げたんだよ」

「そうなんだ……アキトは、その、奴隷の扱い方ってどうしてるの？　僕も父さんから買うように言われたんだけど、扱い方が分からず、使用人と同じような事をさせてるんだよね。アミリスもそうだろ？」

「私もそんな感じかな？」

へえ、エリク兄さんもアミリス姉さんも奴隷を持っていたのか。全く気が付かなかったな。まあ、エリク兄さん達の性格を考えれば、酷い扱いしないだろうね。

「俺の場合は、父さんからもらった仕事を分担させたり、自分達の好きな事をさせたりしてるよ。城の中の仕事は、大抵使用人達でどうにかできるからね」

「自分の達の好きな事？　それって何をさせてるの？」

「色々だよ。冒険させたり、鍛冶を鍛錬させたり、料理を探求させたり」

「ア、アキトちゃんはそんなに奴隷を持ってるの？」

おっと、つい口を滑らせすぎた。

驚いた姉さんはズィッと顔を向けてきた。

「よ、要所要所で必要だったからね」

「……でも、アキトちゃんっていつも周りに使用人の人しか連れてないよね？　何処に奴隷を置いているの？」

「ああ、それは……街に奴隷用の拠点を買ったんだよ。兄さん達もおこづかいもらってるでしょ？

俺の場合は父さんの手伝いもしているからお金があってさ。奴隷と家を買って、別で暮らさせているんだ」

「アキトって本当に色々と凄いね。まさか五歳児のアキトが奴隷を買って、家まで買ってるなんて思いもしなかったよ」

エリク兄さんは驚いていた。

逆に今度は、俺の方から質問をしてみる。

「兄さん達は奴隷をどんなふうにさせたいの？」

「僕は、そうだね。買ってもらった奴隷が身売奴隷だから、あまり危険な事はさせたくないんだよ。いくら奴隷といっても、身売で奴隷落ちした人を危険な目に遭わせるのは気が引けてね」

「私もエリク兄さんと同じ、戦争奴隷の人は目つきも怖くてね……身売の女性を買ったから、あまり無理をさせたくないかな」

エリク兄さんとアミリス姉さんも同じ感じなんだね。

「俺の所にも身売で奴隷落ちした奴隷はいるけど、好きな事をさせてるよ。エリク兄さん達も奴隷に、何かやりたい事はないか一度聞いてみたらどうかな？　使用人とかは結局、父さんに雇われている人だけど、奴隷は兄さん達の所有物ってなるから、自分達の好きなように使うのがいいよ」

俺がそう言うと、エリク兄さんは「相談してみる」と言った。

その後、勉強の話題となり、明後日のテストの話をしながら食事を続けるのだった。

満腹になった俺達は席を立った。会計は、兄さんと姉さんが済ませてくれた。

「ごちそうさまでした」

俺がそう言うと、二人は嬉しそうに笑みを浮かべた。

俺の転移魔法で家に帰宅した。


翌日の放課後、ルーク君とリク君と一緒に学園の図書館で勉強する事になった。

夏休み前半に勉強会をしていたおかげか、ルーク君達は心配する程でもない気がするんだよな。

「ルーク君とリク君は何の教科が心配なんだ？」

「僕はやっぱり数学かな？」

「僕も数学。計算式を覚えるのが苦手なんだよね」

二人から、苦手教科が数学だと聞いた俺は、早速二人に教える事にした。

テスト前という事で授業が昼前に終わっているので、十分に時間がある。俺は二人が心配しているというポイントを重点的に教え込んだ。

◇　◇　◇

結果、ルーク君とリク君のテストの点数は一学期の頃から大分上がった。俺は二人から笑顔で報告される。

「アキト君のテストの結果どんなだったの？」

「あ～……やっぱり聞く？」

ルーク君に聞かれた俺は、自分のテスト用紙を全て見せた。

そこには、１００点満点のテスト用紙全てに赤文字でバンッと〝１００〟と記されていた。

「「……」」

ルーク君とリク君は唖然としていた。

他のクラスメイト達も「アキト君、全教科１００点なの？」と驚いている。

こう言っちゃなんだが、範囲自体が狭く、既に勉強した内容なので、逆に間違う場所がなかったように思う。

「アキトちゃん、お姉ちゃんは完敗だよ……」

「……アミリス姉さんは、もう少し勉強頑張ろ？」

「うぅ、弟に言われる日がこんなにも早く来るなんて……」

ルーク君達が上手くいったのとは正反対に、アミリス姉さんのテストの結果は悪かった。

赤点とはいかないが、前回よりも少し下がっている。夏休みの前半に勉強していた事を、後半ちゃんと復習していなかったみたいだ。

アミリス姉さんの〝お姉ちゃんキャラ〟、既に崩れてきてるな……

「というわけで、テストも終わり、俺は晴れて自由の身となったわけだ」

「ああ、そうだな……俺を呼んで何を企《たくら》んでいるんだ？」

テスト翌日の返却日。

学園が終わった俺は、その足で拠点を訪れた。なお、事前にレオンには待機しておくようにと指示していた。

「前に話しただろ。俺の友達のアリスが試験を控えているって」

「そんな事言っていたな。その子と俺が呼ばれたのは関係してるのか？」

「勿論。アリスの力なら、まあ九割の確率で試験を突破するんだけどさ、ちょっと気が早いけど、お祝いしてやろうと考えているんだ」

「ふむふむ、それで？」

「そのお祝い品のために、レオンにおつかいをしてもらう」

そう口にした瞬間、レオンは転移魔法で俺の目の前から消えた。だが、俺はレオンの魔力を探知して即座に転移し、レオンを捕まえて部屋に戻ってきた。

「逃げる事はないだろ？」

「おつかい任務はクロネの仕事だろ！　あいつはどうした！」

「あぁ、クロネなら、数日前から護衛任務をしてるんだよ。王都の治安があんまり良くないみたいで、守ってあげなきゃいけない子がいるんだってさ。だから、おつかいする奴がいない」

「チッ……」

レオンは観念したのか、舌打ちしつつ椅子に座り直した。

レオンに頼む物は二つ。

一つ目は、竜王の角《つの》。

二つ目は、エルダートレントの木。

レオンが慌てて声を上げる。

「……ちょっと待て！　何だよ、その物騒な名の物は？　今までのおつかいの比にならねぇぞ！」

「仕方ないだろ。プレゼントのためなんだから～」

「仕方ないで死んでこいってか？」

「安心しろ。竜王の方は爺ちゃんに交渉してもらってある。戦って楽しませる事ができたら、角をくれるって言ってくれたそうだ」

そうそう、爺ちゃんに先に声をかけて、竜王さんに話を通してもらったんだよね。

なお、竜の角は生え変わるみたいで、時期が来れば勝手にポロッと取れるらしい。

強い竜の角や鱗《うろこ》には魔力がたくさん籠《こも》っているので、武器や防具にすると強力な物ができるのだ。

「それなら、狂魔導士に頼めばいいだろ！」

「いや、流石に友達のプレゼントのために爺ちゃんに頼るのは……」

「何で、そこで渋るんだよ！」

「あっ、エルダートレントの方は自力で頑張ってね。一応、居場所は教えるよ」

俺は生息地が書かれた地図をテーブルの上に置いた。

レオンが真剣な表情で尋ねてくる。

「……なあ、アキト。これって急ぎだよな？」

「そうだね。早めに頼みたいかな？　少しくらいなら遅れてもいいけど」

「なら、先にクロネの用事の方を終わらせて、クロネと一緒に行ってもいいか？　流石に一人でこの二つを採りに行くのは厳しいと思うんだよ」

「う〜ん、レオンなら一人で行けると思うんだけど……まあ、加工の問題とかもあるからね。クロネとなら五日以内に戻ってこられそうだし、それでも良いよ」

「分かった。クロネの方を終わらせて、必ず五日以内に戻ってくる」

レオンはそう言って、転移魔法で消えた。

それから俺は、加工するための準備をドワーフズに頼み、家に帰宅するのだった。

第18話　プレゼント

ふんふふ～ん、今日も良い天気だな～。

テストが終わり、週の休みを迎えた俺は少し遅めに起き、庭に出て日向《ひなた》ぼっこをしていた。

「そういえば、最近ステータス確認していなかったな。ちょっとは成長したかな？」

名　前：アキト・フォン・ジルニア
年　齢：5
種　族：クォーターエルフ
身　分：王族
性　別：男
属　性：全
レベル：56
筋　力：2224

魔　力　：５２９４
敏　捷　：２３７９
　運　　：78
スキル　：【鑑定：ＭＡＸ】【剣術：４】【身体能力強化：４】【魔法強化：ＭＡＸ】
【気配察知：ＭＡＸ】【全属性魔法：４】【魔力探知：ＭＡＸ】
【無詠唱：ＭＡＸ】【念力：ＭＡＸ】【信仰心：４】
【付与術：ＭＡＸ】【偽装：ＭＡＸ】
【錬金術：ＭＡＸ】【調理：２】【手芸：２】
【使役術：２】【技能貸与：ＭＡＸ】【念話：ＭＡＸ】
固有能力：【超成長】【魔導の才】【武道の才】
【全言語】【図書館ＥＸ】【技能取得率上昇】
称　号　：努力者　勉強家　従魔使い
加　護　：フィーリアの加護

「おお【念話】のスキルレベルがもうＭＡＸになってたか……」

【念話】のスキルは使い込んでるから、そりゃ結構上がっているよな。ステータスを見ていたらふと思い出した。

そういえばレオン無事かな？　あれから連絡一つないけど……

レオンが出発してから二日が経っているが、未だ帰ってくる気配はなかった。

爺ちゃんから聞いた話だと、竜王はただ戦う事が好きなタイプで本気ではやらないらしい。なので、早く帰ってくるだろうと思ってたんだけどな。

「エルダートレントの方で苦戦してるのかな？　エルダートレントは周りにトレントを増やすから、数が多くて厄介らしいけど……」

それでもレオンがいれば魔法で狩れそうなんだけどな。もしかして、サボってるんじゃないのかな？

「……というわけで【念話】してみたけど、どんな感じかな？」

『後にしろッ！　竜王と戦ってるんだよ！』

『そうよ！　何で私までこんな化け物の相手しないといけないのよ！』

戦闘中だったみたいで、焦った二人の声が返ってきた。

戦いの最中に【念話】してたら集中できないね。

「忙しそうだから、またかけ直すよ」

ふむ、あの二人でも苦戦するのか。

やっぱり、爺ちゃんの感覚を鵜呑《うの》みにしちゃだめだね。

「まあ、でもあの二人なら何とかしてくれるだろう。何だかんだ言っても、元B級暗殺者と魔帝国魔法騎士団トップなんだから」

後は特にする事もないので、俺は自室に戻ってきて勉強をしていた。その際、ふとやり忘れていた事を思い出した俺は、急いで転移魔法で拠点に移動した。

掃除していたエマが迎えてくれる。

「あれ、ご主人様？　今日は来る予定でしたっけ？」

「あ〜、ちょっと思い出した事があって……」

俺はそのまま自分の部屋に向かった。

——おっ、あったあった。

「良かった。アリスへのもう一つのプレゼント忘れるところだった」

アリスへのプレゼントその1は、レオン達に採りに行かせた、竜王の角とエルダートレントの木で作る護身用の剣。

プレゼントその2としては、魔石に【付与術】で魔法を付与したお守りを渡そうと考えていたのだ。

【付与術】のコツも大体掴んでいるので、すぐにできるだろう。

「そう考えてはいたが、本当にすぐにできるとは、自分の才能が怖い」

【付与術】で魔石に付与した魔法は、風魔法を基礎とした防御魔法である。

発動するタイミングは、所持者の身の危険を感知した時。そして、所有者が魔石を握って発動するイメージを持った時にしてある。

更にこの魔石に手を加えて、魔石が壊れるギリギリのラインで持ちこたえるように設定して、充電可能式にした。

「練習していたとはいえ、こんなに簡単に完成するとは……」

いや〜ここに来て、自分の才能が輝くとは思わなかった。

「まっ、多分【魔導の才】のおかげだと思うけど」

【付与術】も魔法の一部だ。固有能力【魔導の才】の効果が乗るのは当たり前だろう。

でも、こんな凄い物が簡単に作れるのなら、もっと上を目指すのもありだな。

◇　◇　◇

「……というわけで、ちょっとたくさん作ったから、父さんいる？」

「うん、アキトが大変優秀だって事は父さんが一番知ってるけど、難しいとされる魔石への魔法の付与にすら成功している事については、流石に驚いても良いのかな？」

村作りの際に大量に用意して余っていた魔石に付与しまくり、俺は完成したそれらを父さんに見せに来ていた。

そういえば【付与術】ってそんなに簡単なスキルじゃないようだね。

「でも、父さん、俺が【付与術】を使えるのは知ってるよね？」

「知ってるけど、魔石に対しての付与ってかなり高度だって聞いたよ？　父さんは【付与術】のスキルを持ってないから分からないけど」

「慣れたら簡単だったよ？」

「……まあ、アキトだし、こんな事も普通にできるんだね。うん、それじゃ一つずつ説明してくれる？」

「いいよー」

俺はどんな魔法を付与したのか丁寧に説明をしていった。

数はかなりあるが、実用性のある物を選んできてある。父さんは思い悩んだ末、指定先を城の庭にした転移魔法を付与したお守りを選んだ。

「後は、母さん達にも見せてから、余ったらまた配るね」

「アキト、一つだけ言うと、このお守りは貴重な物だから、信用している人にしか自分で作れるって言っちゃだめだよ？」

真顔でそう注意してきた父さんに、俺は明るく「はい」と返事をした。

それから、母さんの部屋に向かった。

母さんはちょうど婆ちゃんとお茶をしていた。

「あら、アキトが私の部屋に来るなんて珍しいわね。どうかしたの？」

「うん、ほら、母さんも聞いてると思うけど、アリスが学園の試験を受けるでしょ？　九割受かるって分かってるから、合格祝いのプレゼントを作ったんだ。それでたくさん作りすぎたから、母さん達にも渡そうかなって」

「あらあら、母さん達にもくれるの？」

「嬉しいわね」

母さんと婆ちゃんは笑顔になった。

早速二人の近くに寄って、テーブルの上にお守りを並べる。母さんと婆ちゃんは「これは？」と不思議そうな顔をした。

「作ったのは、魔石に魔法を付与したお守りなんだ」

「えっ？　アキト、そんな事もできるの？　凄いわね」

「……本当に凄いわね。綺麗にできているわ」

母さんは喜び、婆ちゃんは感心していた。

「一つずつ性能も違うから説明するね」

俺は父さんの時と同じように説明していった。

母さんが選んだのは、身体強化が付与されたお守り。

婆ちゃんが選んだのは、回復魔法が常に発動するお守りだった。これは一回の充電で半日は稼働する。

「婆ちゃんのは実用性があるお守りだからいいけど、母さんのはいいのそれで？　ネタで作ったお守りだよ？」

「良いのよ。これで、最近アキトをコキ使っているアリウスをお仕置きできるもの」

「……」

ごめん父さん、知らないところで加担しちゃった。

それから、母さん達と少し雑談をして、エリク兄さんの所へ向かった。

エリク兄さんは、俺からのプレゼントなら何でも嬉しいと言って、兄さん自身が使えない火属性が付与された魔石を選んだ。

アミリス姉さんもまたエリク兄さんと同じく、俺からだったら何でも嬉しいと言って水属性が付与された魔石を選んだ。

最後は夕食の席に、余った魔石を選んでもらった。

その時気付いたのだが、爺ちゃんがいなかった。まあ、爺ちゃん、たまにふらっといなくなるのはよくある事だし。

でも、爺ちゃんだけプレゼントなしっていうのは可哀そうなので、婆ちゃんに爺ちゃんに渡してもらうようにお願いした。

「しかし、あそこまで喜んでもらえるとは思わなかったな。今後暇な時があれば更に練習して、もっと凄いお守りを作ってみよう。お守りの使い方は簡単だし、色んな応用ができそうだな」

銃を改良して、小さな魔石に魔法を付与して撃って発動させたり……

うん、凄い事を思いついたな俺。

「今度、色々作ってみよう。どうせレオン達が帰ってくるまで俺は暇だし、研究に力を入れるかな」


そう意気込んだ、次の日。

今日も学園は休みなので一日時間がある俺は、父さんに研究してくると言って、拠点にやって来ていた。

皇帝からもらった魔石は大分なくなってきていたので、まずは買い出しからする事にした。五歳児である俺が大量に魔石を買うのも不審がられるので、買い物はエマ達に頼む。

残っている魔石で、昨日思いついた事を実行する。

「……よしよし、何とかできたぞ」

十個程失敗したが、十一個目で新しいお守りを作れた。

魔力を大気中から吸収するという仕組みを加えてある。

「といっても、付与する魔法が高魔力必要だと速攻で壊れるのが、今後の課題だな……」

今回できた新しいお守りに付与したのは、身体能力を微妙に上げる程度の魔法だ。

これでも足腰が悪くなった老人に渡せば、使い物にはなると思う。生憎と身近な知り合いにはいないけどね。

「まあ、直近で言うと婆ちゃんだろうけど、まだまだ元気そうだしな。とりあえず倉庫に放置だな」

やっとの思いで成功した新型のお守り。捨てるのはもったいないので、今後の研究のためにも持っておこう。

その後、エマ達が帰宅してきて魔石が補充された。それから俺は、昨日父さん達に人気があったお守りを作る事にした。

◇　◇　◇

数日後、アリスの試験結果が出た。

結果は、無事に学園の試験を突破した。

授業を受けていた俺は呼び出され、学園長からそう聞かされた。

「まあ、アリスなら受かると思ってましたけど、それって学園長から俺に知らせる必要ってあります？」

「ないですね。でも、ちょっと頼みたい事があるので、アキト様に来ていただいたんです」

ふむ、用事のついでにアリスの結果を聞かせてくれた、という感じだろうか。アリス本人から受かったと聞きたかった思いは若干あったけど。

「それで、用事とは？」

「……アリス様もアキト様と同じ年齢でして、アキト様に比べてアリス様は年相応の幼さがあります」

「うん、それって俺が大人びていると？」

「それで、でして……」

あれ、俺の言葉スルーされた？

学園長のお願いは端的に言えば、学園に通うようになるアリスを気にかけてやってくれという事だった。

俺は元より友人なので、そのつもりだと学園長に伝えた。

「それは良かったです。それと、これは質問になるのですが……アキト様。同じクラスのルーク君、隣のクラスのリク君の勉強を見てやりましたか？」

「はい、夏休みの前半に皆で集まって勉強会をして、テスト前にも復習のために勉強会をしましたよ」

「成程。ですから、ルーク君達の成績がかなり上がっていたんですね」

学園長は「流石、アキト様ですね」と嬉しそうに言った。

それから、俺は学園長から解放されて教室に戻った。早速ルーク君から「何で呼び出されてたの？」と聞かれる。

「ほら、前に話してた友達が受験に合格したらしいんだ」

「へぇ～、その子もアキト君と同じ五歳なんだよね？　最近の五歳児は何か特別なのかな？」

「そんな事ないよ～」

うん、だって俺の精神年齢は五歳児じゃないし。アリスは、俺と出会ってからの相当頑張っていただけだ。

ルーク君と話していると先生がやって来たので、俺達は席に戻った。

ちなみに、レオン達は無事期限内に戻ってきた。

竜王相手に二日間、寝る事もなく戦い続けたらしく、やつれた表情だった。遅かったので怒ってやろうと思っていたけど、その気持ちはすぐに引っ込めた。

エルダートレントの方は、竜王と戦っている間に部下にも採りに行かせていたらしい。一日だけ休憩して、すぐに回収して戻ってきたという。

流石に疲労も溜まっているだろうし、レオン達には一週間の休暇をあげた。


「アリス、おめでとう」

「ありがとう、アキト君」

放課後、俺の部屋に来たアリスに、俺は試験突破のお祝いの言葉を伝えた。そして、事前に用意しておいたプレゼントを渡すと、アリスは目を大きく見開いて喜んでくれた。

「私、剣とかよく知らないけど……この剣が凄いのは、何となく感じ取れるよ……」

「素材の説明は省くけど、そこら辺にある剣より断然良い物だから、護身用に持っておいて。それで、こっちは俺が作ったお守りだよ」

「……綺麗」

アリスはお守りを見て呟いた。

父さん達に渡したお守りは、作ってすぐ渡したからほとんど装飾していない。だけど、アリスのは特別仕様にして、女の子が付けてもおかしくないように、可愛いネックレス型にした。

アリス、気に入ってくれたみたいだな。

「これ、アキト君が作ったの？」

「大体はね。装飾の金属部分とかは、鍛冶師の人に頼んでやってもらったけど、八割は俺が作ったよ。付けてみる？」

「うん！　アキト君、付けて〜」

アリスに頼まれた俺は、彼女の後ろに回って、ネックレスを付けてあげた。

アリスは急いで鏡の前に行き、色んなポーズをして喜んでいる。

「喜んでくれて、俺も良かったよ」

「……」

……うん、俺の言葉、届いていないいな。

アリスは鏡の前でずっとポーズを取っていた。それから彼女は数十分程、鏡の前で喜んでいたが、やっと気付いて顔を真っ赤にした。

「うん、大丈夫だよ。俺以外見てないから」

「アキト君に見られたのが、一番恥ずかしいよ……」

アリスは真っ赤な顔のまま、ソファーに置いてあったクッションに顔を埋めた。

五歳児とはいえ、既に美少女オーラを出してるアリスの一人ファッションショーを楽しめたのは役得《やくとく》だったのかな。

第19話　犯罪者を減らそう

アリスも学園に通い始め、話し相手が増えた俺は、学園生活が更に楽しくなった。

最初、アリスは人見知りというのもあっていつも俺と一緒にいた。

それでルーク君とリク君とも話すようになり、徐々に他のクラスメイトとも仲良くなっていったんだけど……

うん、アリスはみんなから可愛がられてるようだ。

俺と違って話しかけられまくっているよ。

アリスはすぐに俺の後ろに隠れる癖がある。それを見たクラスメイト達が「尊い……」と呟いて倒れる事が何度かあった。

休日のある日。

自室で【図書館ＥＸ】を使って勉強をしていると声をかけられる。

「アキト、ちょっといいかな？」

「……んっ？」

父さんだった。

「どうしたの？」

「ちょっと、相談があってさ。アキトから前に尋ねられていた事なんだけど……」

父さんが話してくれたのは、ここ最近の治安問題についてだった。

クロネが王都住人の護衛を頻繁にしているので、王都の治安が悪化してないかと、父さんに聞いていたのだ。

父さんは真剣な表情で言う。

「戦争のせいで、目が行き届いていなかったみたいだ。冒険者ギルドのギルド長に話をしたら、冒険者の中にも問題行動が多い者が増えているらしい」

「そうなんだ。まあ、これだけ豊かな街だと、他の所から色んな人が来るもんね」

「うん、それで今度から警備体制を変えようと思っているんだけど……アキト、なんか良いアイデアないかな？」

良いアイデアって、父さん、五歳児にそれを聞く？

「いや、ほら、アキトなら良い案出してくれそうかな？　って思ってさ」

心の中を読まないでほしいな。

「まあ、案があると言えばあるけど……」

王都の治安が心配になってから、俺なりに解決できないかと色々考えていたのだ。

罪なき一般市民を自らの利益のため、脅し、犯し、殺す――そんな奴らに対して、この国の法律は優しすぎる。

罪が多ければ奴隷、軽ければ重労働をさせて釈放。

その重労働も鉱山での作業だったり、掃除作業だったり。魔法を使える俺からすると、簡単な仕事ばかりだった。

俺は父さんに思いきって提案してみる。

「刑罰をもっと酷くすればいいと思う。今の刑罰が軽すぎるから」

「そうかな？　鉱山での作業も掃除作業も大分キツイと思うよ？」

「うん、でもさ、罪に対して割が合ってないと思う。恐喝された人は心に消えない傷ができるんだ。外傷なら治療できるけど、心の傷はそう簡単に癒す事はできないよ？　なのに、罪を犯した方はちょっと作業して釈放って、罪と罰が合ってないよ」

まあ、これに関しては、前世の時も同じような事を思っていたので、これ幸いと自分の思いを父さんにぶつけてみた。

「……確かに、そうだね。罪に対しての罰が合ってない気がするね」

「うん。だからそこを変えたら良いと思うよ。そしたら、犯罪に対しての抑止力にもなると思う」

「うん、ありがとう。やっぱりアキトに相談して良かったよ。罰に関しては、大臣達と話して新しく決める事にするよ」

「あと、王都の警備も強化した方が良いと思うよ。俺もよく街を散策してるけど、兵士を見かけるのは本当にたまにだからね」

「分かった。そっちも話してみるよ。ありがとう」

父さんはそう言って、部屋を出ていった。

「まっ、これで犯罪者が減れば上々だと思うけど……」

減るのは減ると思うけど、完全になくなりはしないだろうな……前世でも刑罰が軽くないわけでもないのに犯罪者は多かった。

「こっちの世界で通用するか、どうかだよな……」

前世は前世、今世は今世。世界が違えば、人間の心理も違うだろう。

「しばらくは様子見だろう。クロネにも一応、話しておくか」

そう思って、俺はクロネに【念話】を飛ばして先の会話について話をした。

すると、クロネは「そっちに行く」と言い、それから少しして部屋に現れた。

「どうしたんだ？」

「ねぇ、ご主人様って、私達の存在を既に家族に知られているのよね？」

「まあ、村作りのために買ったって言ったけど、存在自体はバレてるよ？」

「なら、私達を使って犯罪者を捕まえようと考えないの？　言っちゃなんだけど、国の兵士達より私やレオンのが強いと思うわよ？」

クロネのその言葉に、俺は「ハッ」と声に出して顔を上げた。

「確かに、それは良い手だな……それに俺が捕まえたら、良い能力を持った奴を俺の手駒にもできるし」

「そこに関しては、言ってないわよ？」

「それに、クロネも働きたがっているみたいだし。早速父さんに言ってくるよ」

「ちょ、私は別に働きたいなんてッ！」

クロネとの会話を切り上げ、ベッドから起きた俺はピューと部屋を出ていき、父さんの所へ向かった。

「う～ん、アキトにあまり危険な事をしてほしくはないんだけど……」

部屋に着いた俺は、クロネに言われた事を父さんに話した。

最初は難しい表情をされたが、アリスも学園に通い始め友人もたくさんできて、その人達が危険にあうのは嫌だ！と訴えたら、何とか許してくれた。

その際、捕まえた悪人の対応に関しても任せてもらうようにお願いをした。

だって、良い人材を見つけたら欲しいじゃん？

母さんには止められたけど、こんな時のために覚えていた〝上目遣い〟を使い、何とか許しを得た。

「というわけで、レオン達もなるべく早くこっちに戻ってきてね」

『はぁ……あの馬鹿猫が……』

現在、他国までの護衛任務を受けているレオンに【念話】で話を伝えると、ため息とともにそんな事を言った。

それから俺は拠点に移動して、奴隷達を会議室に集めた。

作戦会議である。

エマ達がクロネと共に隠密《おんみつ》で犯罪者を探し、ドワーフズは聞き込み調査、ドルグは住人になりすまして囮調査《おとりちょうさ》という事が決定した。

ここにいないレオン達は、敵の位置情報を知らせる役目にでもしよう。

そんなこんなで、話し合いは終わった。

「それで、ご主人様。捕まえた犯罪者はどうするんですか？」

「使えそうな奴がいれば俺が引き取る。使えそうにない奴は、これまで通り奴隷落ちするか、刑罰が下される感じだな」

「うわ～……本当にやるの？」

「当り前だろ？　父さんの国で犯罪をするなんて、神が許しても俺が許さない」

「……本音は？」

「商会で扱ってる奴隷より使えそうな奴がいそうだから、それを捕まえられるチャンスができてラッキーだと思ってる」

俺の意見を聞いて、クロネは大きくため息を吐いた。

その後、特に文句を言われる事もなく、レオン達が戻ってきたら作戦開始と伝えた。

◇　◇　◇

「ふむふむ、なかなかに粒揃いだな……」

俺達が動いてから数日が経った。現在、俺の拠点のとある一室には、犯罪者が捕らえられていた。

「な、何だよ。ここは……」

「おい、ガキ。この縄をほどきやがれッ」

「……」

ここに集めたのは、三人。

既にこれ以上の犯罪者を捕らえて、国の牢にぶち込んである。この部屋に集めているのは、俺が使えそうと判断した奴らだ。

三人中二人が男、一名が女。

男の一人は、三十代くらいのボサボサとした頭に、整えられていない髭《ひげ》を生やし、いかにも浮浪者という感じ。若い女性に殴りかかろうとした犯罪者。

もう一人の男は二十代そこそこで、ドルグが持っていたカバンを盗ろうとした窃盗犯《せっとうはん》。

最後の女は犯罪者ではない。

エマが犯罪者を捕まえていると、「私も連れていって」と言ってきて、不思議に感じたエマが俺に連絡して来たのだ。

それでスキルを見て驚いたので、この部屋に連れてきたというわけである。

汚れた細い体をした十代前半の少女という見た目。まあ、孤児の類《たぐ》いだろう。

ジルニア王国は、孤児の全てを面倒見きれる程、施設が充実していない。街を散策していて、よく物乞《ものご》いや孤児を見かける、

平和な国でも格差はあるのだ。前世の豊かな国でも貧しい人はいたから、何処の世界でも一緒なんだと思う。

俺は三人に向かって告げる。

「とりあえず、君達はこれから俺の奴隷だ。よろしく」

「はぁ？」

「えぇ？」

「食事があるなら」

三者三様、それぞれ違った反応を見せた。

三十代のオッサンは意味が分からないというふうに驚き、二十代の若い男は困惑した声を上げ、孤児らしき女の子は食事の心配をした。

「そこのオッサン、あんた元はそれなりの大工だろ？　何で犯罪なんてしたんだよ？」

「……そりゃ、仕事がなくなって生きる意味もなくなったからな。俺の代わりはいくらでもいるって言われてよ。悔しくて悔しくて、それで……本当は、おれだって死ぬまで建物を建てたかったし、弟子を取ってその成長を見守りたかったよ。でもよ、全て奪われて途方に暮れていたら、目の前に俺を追い出した奴の娘が現れて……」

三十代のオッサンの能力は、建築能力である。

スキルの欄には【大工：ＭＡＸ】と表記されており、更に【図面作成】【指揮】といったスキルもなかなかに高レベルであった。

これらを見て、俺は村の方で使えると判断したのである。

「そうか、それなら良かったな。俺の奴隷になれば、好きなだけ建物を作らせてやるぞ？　俺はこれでも第二王子で、既に自分の土地を持っている。そこはまだ小さな村だが、これからドンドン大きくさせるつもりだ」

「ッ！　ほ、本当か？」

「嘘を言ってどうする？　俺の奴隷になれば弟子候補だって連れてきてやるよ」

「ッ！」

そう言うと、オッサンは先程までの威圧的な態度から一変。床に頭をつけて、「あなたの奴隷にしてください」と頼んできた。

……一人目確保。

「んで次に、お前。お前もなかなかの裁縫職人じゃないか。何で窃盗なんかしたんだ？」

「実は、自分の店を持ってたんですが、経営破綻で借金だけが残ってしまって……そしたら、目の前に高そうなカバンを提げた男性がいたもので……」

「そうか、出来心というやつか。だが、それでも犯罪は犯罪だ。まあ、被害は少ないみたいだし、このまま警備兵の方に突き出しても軽い罰で出てこられるだろう」

「……良いんですか？」

「ああ。だが、出てきたところで借金の返済はできるか？　また罪を犯したら、今度こそ重い罰が下るぞ」

そう言うと、若い男性はサッと顔を青ざめさせた。

そこで、俺は手を差し伸べる。

「もし俺の奴隷になれば、その借金は俺が払ってやろう。まあ身売りと一緒だな。だが、俺の奴隷となれば、お前の店を持たせてやる事もできるし、好きなだけ裁縫ができるぞ」

「ほ、本当ですかッ？」

「嘘じゃない。先も言った通り、俺は村を任されている身だからな。村の住人に良い服を着させてやりたいんだ」

「なります！　あなた様の奴隷にさせてください」

若い男性は隣にいたオッサンと同じく、頭を地面に叩きつけてお願いしてきた。

……二人目、確保。

俺は最後の少女に顔を向ける。

「……それでお前だが。何でそんなスキル持ってる癖に孤児なの？」

「……？」

「……お前、もしかして自分のステータス、見た事ないの？」

「ステータス？」

「えっ、知らないの？」

俺が驚くと、オッサンと若い男も驚いていた。

詳しく事情を聞くと、浮浪者のお爺ちゃんと二人だけで暮らしていたので、ステータスというものは教えられていないという事だった。

この少女には常識が欠けているようだ。

推測だが、育ての親であるという爺さんは、この少女が長く生きる事はないだろうと思って、教えなかったのだろう。

だが、何とか生き残ってしまい、現在に至ったというわけだ。

「ああ、うん。理解した。とりあえずお前は最初は仕事はさせない。勉強からだ」

「ご飯は？」

「出してやるから、心配するな」

俺がそう言うと、少女はニコリと笑い「ありがとう」と言った。

常識はないが、感謝は言えるんだな。

こうして俺は、元大工のガーテ、裁縫が得意なケイト、常識皆無の孤児ローラの三名を、新たな奴隷として迎え入れた。

◇　◇　◇

新しい奴隷を迎え入れて一週間経った。

その間も、俺のもとには奴隷候補が集まってきていた。積極的に見ているのは、職人系のスキルを持つ候補者だ。

その結果、鍛冶職人三名、大工五名、裁縫職人四名、料理人三名を手に入れた。

「よしよし、良い感じに集まってきたな……」

俺はそう口にして、口元に笑みを浮かべた。

たまたまリビングに来ていたレオンが「不気味だな」とボソッと言う。

「レオン、休憩なし。はい、行ってらっしゃ～い」

「なッ！　俺は徹夜で」

「知らな～い。主を侮辱《ぶじょく》したんだから休憩いらないでしょ？　はい、行った行った」

俺はレオンを、そう言って追い出した。

……ってか、此奴《こやつ》はいつまで食べているんだ？

みんなと同じ時間に朝食を食べ始めた常識皆無少女のローラは、ドルグが用意した朝食を未だにモグモグと食べていた。

「取るの？」

「取らねぇよ」

「そう」

ローラは俺への興味をなくしたように、再び目の前の料理をゆっくりと食べ出した。

それから十分後、ローラはたっぷり時間をかけて味わい、ようやく「ごちそうさまでした」と言った。

「ほんと、お前。時間かけて食うよな」

「だめ?」

「だめじゃないが、何でそんなに時間をかけるんだ?」

この一週間一緒に生活してきて、疑問に思っていた事をぶつけると、ローラはいつものボーッとした表情から真剣な表情に変わった。

「食事は大事なの。私はまともに食事ができない生活を送ってきたから、食材に感謝してゆっくりと食べるようにしてる。それが私のルール」

いつもは短文でしか話さないローラが、長く話した。その事に呆気に取られつつ、俺は「そうか」と返した。

「まあ、それにしても一週間。よく食べてよく眠ったおかげで、大分体調も良くなったみたいだな」

ローラを奴隷に迎えた直後、ローラは空元気であの場にいたみたいで、極度の衰弱状態に陥っていた。

なので俺はローラに仕事をさせず、ゆっくりと体調を戻させるようにしたのだ。

「うん、元気。仕事させる？」

「んにゃ、お前に仕事はさせないよ。言ってもお前十二歳だろ？　手に職もないのに、仕事させられる場所なんてここにはない」

ローラの質問に俺がそう返すと、ローラはコテンッと首を傾げた。

「じゃあ、どうして私を奴隷にしたの？」

「将来を見据えて？」

「体目的？」

「……」

何でそんな知識はあるんだよ。十二歳児の少女を、体目的のために奴隷にする五歳児って、何処にいるんだ。

「お前、ステータスで自分の能力を見ただろ？」

「うん」

「俺は、それが使えると思って、お前を奴隷にしたの。別にお前の体目的じゃない。というか、そんな貧相な体をしてよく言えたな」

栄養をほとんど取らない生活をしていたローラは、身長も小さければ胸も小さかった。

俺がこいつを奴隷にした理由――それは、彼女が主神の加護を持っている事が、【鑑定】でおぼろげながら分かったからだ。

それに気付いた瞬間、俺は「あっ、こいつ仲間にしとこ」と直感が働いた。

そして実際俺の読み通り、ローラを奴隷にした翌日、加護の欄には【アルティメシスの加護】とハッキリと表示された。

その際、俺はこちらの世界に来てから初めて、フィーリア様の声を聞く事になった。


「アキトさん、私の所に主神様が来たのだけれど、何で？」

フィーリア様からそう質問され、俺はローラについて話をした。

「……成程、あの子をアキトさんが……そういえば主神様が言ってたような……うん、分かった。アキトさん、主神様は神様の中のトップだから、私以上に頼れる方よ」


フィーリア様の声が消えると、入れ替わるようにして男性の声が聞こえた。アルティメシス様だというその神様から、ローラについて頼むと言われた。

狙っていたとはいえ、凄い加護を持ってるんだな。

「アキト？」

「おっと、悪い。ちょっと考え事をしていた。それで今後の事だが」

俺は、ローラにこれからの事について話をした。

まずは常識を身につけさせるため、勉強をさせたいと伝える。

読み書きもできず、人とのコミュニケーション能力も低い今のローラを使うのは難しいからな。

なので一から育成する事にしたのだ。

そう意気込んだのだが……


「何で、お前一発でできるようになるの？」

「……？」

教えた事を瞬時に理解するローラは、もの凄いスピードで知識を吸収していった。

初めは文字を一ヵ月くらいかけて教えようと思っていたのだが、十分くらいで完璧に覚えてしまった。

数学、歴史、魔法学、薬学といった基本的な学問から、通貨、街でのルールといった常識まであっという間に習得していく。

「アキト、大丈夫？」

「あぁ、ただちょっとローラの才能に驚いてるだけだ……」

「私、才能あるの？」

「あるよ。マジで……」

この短文型の喋り方は治らないようだな。

別にここに関しては治そうとも思ってないし、こっちの方が味があるキャラだと感じたので、このままにするつもりだけど。

その日の報告会議で、ローラの勉強が全て終わった事を奴隷達に伝えると、皆「えっ？」と驚いていた。

クロネが問題を出すと、ローラは完璧に答えた。

クロネは「嘘、私でも分からないのに……」とガクッと項垂《うなだ》れた。

「そういうわけで、ローラは明日からしばらく特訓に行かせる。レオン達は引き続き街の警備を頼むよ」

そう言って、会議を終わらせた俺は城に帰宅した。


翌日、俺はローラを爺ちゃんの所に連れていき、魔法を教えてもらう事にした。爺ちゃんには、事前にローラの魔法の指導をしてほしいと頼んであった。

俺のお願いという事もあり、爺ちゃんは「うむ、良いぞ」と二つ返事で了承してくれた。

「この子がアキトが言っていた子かのう？」

「そうだよ。爺ちゃん、ローラは物覚えが良いから、爺ちゃんも教え甲斐があると思うよ」

「ほほう」

「よろしくおねがいします」

「うむ、よろしくのう。ローラちゃん」

ペコッとローラがお辞儀をすると、爺ちゃんは笑顔で返事をした。

初日だし俺は見守ろうと思っていたけど、折角なので参加する事にした。

「このようにイメージ力が大切じゃ。ローラちゃんは孤児と言っておったし、魔法を見る機会もなかったじゃろ？　とりあえず今、儂が見せた魔法をやってみるかのう」

爺ちゃんは野球ボールくらいの大きさの火の玉を見せながら説明した。

「はい」

ローラは返事をすると、【無詠唱】で爺ちゃんが見本で見せた魔法と同じ大きさ、同じ魔力量の魔法を作った。

ハハッ、流石ローラ。一発で成功させたうえに全く同じとは……

ローラの魔法を見た爺ちゃんは、目をキランッと光らせた。

そして、興奮して俺に詰め寄ってくる。

「アキトッ！　しばらく、この子を儂に預けてくれぬか？」

「……別にいいけど、何するつもり？」

「この子の魔法を見た瞬間、心が躍《おど》ったんじゃ。この子は才能の塊《かたまり》じゃ、となと？　アキトも十分天才じゃが、ローラちゃんはそれ以上に天才、いや、これは異才といっても良いじゃろう」

ローラの魔法の才能を見抜いた爺ちゃんは、目をキラキラと輝かせていた。

まあ、確かにローラを異才というのは合ってるかもな。加護といい、ちょっと普通じゃないし。

俺は爺ちゃんに返答する。

「分かったよ。でも、ローラは食にうるさいよ？」

「そうなのか？　ならば、美味しい料理が食える場所で修業をさせよう。ローラちゃんもそれで良いかの？」

「ご飯が食べれるなら何処でも」

ローラの返事を聞いた爺ちゃんは嬉しそうに笑った。

それからすぐ修業場所から、父さんの仕事部屋に転移してきた。いきなり現れた俺達に、父さんは驚いていた。

だが、爺ちゃんはすぐに「修業に行ってくる」と言うと、そのままローラを連れて転移してしまった。

「今の何？」

「実は……」

突然現れて消えた爺ちゃんの行動について説明すると、父さんは苦笑した。

「魔法の才能がある子を見つけると、たまにあの発作《ほっさ》が出るんだよ。そのうちフラッと帰ってくるだろう」

「慣れてるね」

「長い付き合いだからね。学生時代に迷惑かけた手前、強く言えないけど、色々と振り回されてるから」

疲れた表情でそう言った父さんに、俺は「お疲れ様です」と言って部屋を出ていくのだった。

俺の周囲に色んな人が増えてきたのは良いんだけど、こうも個性派揃いだと……俺が持つだろうか。

俺はそう心配になりつつも、そんな騒がしい異世界ライフも悪くないかなと思うのだった。

無限の可能性を秘めた神童の異世界ファンタジー!

神様のイタズラによって命を落としてしまい、異世界に転生してきた銀髪の少年ラルク。憧れの異世界で冒険者となったものの、彼に依頼されるのは冒険ではなく、倉庫整理や王女様の家庭教師といった雑用ばかりだった。数々の面倒な仕事をこなしながらも、ラルクは持ち前の実直さで日々訓練を重ねていく。そんな彼はやがて、国の元英雄さえ認めるほどの一流の冒険者へと成長する——!

1~3巻好評発売中!

●各定価：本体1200円+税　●Illustration：パルプピロシ

解体の勇者の成り上がり冒険譚
Kaitai no Yusha no Nariagari Boukentan.
無謀突撃娘
勇者パーティを追放されたけど…
地味すぎる特技
解体技術で
知らぬ間に下剋上!?
追放から始まる、異世界逆転ファンタジー!
魔物の解体しかできない役立たずとして、勇者パーティを追放された転移者、ユウキ。実はあらゆる能力が優秀だった彼は、勇者パーティを離れたことで、逆に異世界ライフを楽しみ始める。一方その頃、解体技術を軽視し、いつもユウキを小馬鹿にしていた勇者たちは窮地に追い込まれていた。そして、何もかも上手くいかなくなった彼らの怒りの矛先は——ユウキに向かうのだった。
◉定価：本体1200円＋税　◉ISBN978-4-434-27331-5　◉Illustration：鍋木康隆

スキルは見るだけ簡単入手!
Skill Ha Mirudake Kantan nyuusyu!
〜ローグの冒険譚〜
著 夜夢
Yorumu
匠の技も竜のブレスも
見れば完コピ
&レベルカンスト!?
スキル集めて楽々最強ファンタジー!
幼い頃、盗賊団に両親を攫われて以来、一人で生きてきた少年、ローグ。ある日彼は、森で自称神様という不思議な男の子を助ける。半信半疑のローグだったが、お礼に授かった能力が優れ物。なんと相手のスキルを見るだけで、自分のものに(しかも、最大レベルで)出来てしまうのだ。そんな規格外の力を頼りに、ローグは行方不明の両親捜しの旅に出る。当然、平穏無事といくはずもなく……彼の力に注目した世間から、数々の依頼が舞い込んできて——!?
身寄りのない少年が【神眼】を授かって世直し旅に出る!
匠の技も竜のブレスも
見れば完コピ
&Lvカンスト!!
◆定価:本体1200円+税
◆ISBN 978-4-434-27157-1
◆Illustration:天之有

この作品に対する皆様のご意見・ご感想をお待ちしております。
おハガキ・お手紙は以下の宛先にお送りください。

【宛先】
〒150-6008 東京都渋谷区恵比寿 4-20-3 恵比寿ｶﾞｰﾃﾞﾝﾌﾟﾚｲｽﾀﾜｰ 8F
（株）アルファポリス　書籍感想係

メールフォームでのご意見・ご感想は右のＱＲコードから、
あるいは以下のワードで検索をかけてください。

アルファポリス　書籍の感想　検索

ご感想はこちらから

本書はWebサイト「アルファポリス」（https://www.alphapolis.co.jp/）に投稿されたものを、改題、改稿、加筆のうえ、書籍化したものです。

愛《あい》され王子《おうじ》の異世界《いせかい》ほのぼの生活《せいかつ》
顔良《かおよ》し、才能《さいのう》あり、王族《おうぞく》生《う》まれ。ガチャで全部《ぜんぶ》そろって異世界《いせかい》へ

霜月雹花（しもつきひょうか）

2020年 6月30日初版発行

編集ー芦田尚・宮坂剛
編集長ー太田鉄平
発行者ー梶本雄介
発行所ー株式会社アルファポリス
〒150-6008 東京都渋谷区恵比寿4-20-3 恵比寿ｶﾞｰﾃﾞﾝﾌﾟﾚｲｽﾀﾜｰ8F
TEL 03-6277-1601（営業） 03-6277-1602（編集）
URL https://www.alphapolis.co.jp/
発売元ー株式会社星雲社（共同出版社・流通責任出版社）
〒112-0005東京都文京区水道1-3-30
TEL 03-3868-3275
装丁・本文イラストーオギモトズキン
装丁デザインーAFTERGLOW
印刷ー中央精版印刷株式会社

価格はカバーに表示されてあります。
落丁乱丁の場合はアルファポリスまでご連絡ください。
送料は小社負担でお取り替えします。

ISBN978-4-434-27441-1 C0093